Luna

ÉLODIE TIREL

LA DERNIÈRE DRAGONNE

ÉDITIONS
MICHEL
QUINTIN

Catalogage avant publication de Bibliothèque et Archives nationales du Québec et Bibliothèque et Archives Canada

Tirel, Élodie

Luna

Sommaire: 4. La dernière dragonne.
Pour les jeunes.

ISBN 978-2-89435-437-7 (v. 4)

I. Titre. II. Titre: La dernière dragonne.

PZ23.T546Lu 2009 j843'.92 C2009-940443-5

Illustrations de la page couverture : Boris Stoilov
Illustration de la carte : Élodie Tirel
Infographie : Marie-Ève Boisvert, Éd. Michel Quintin

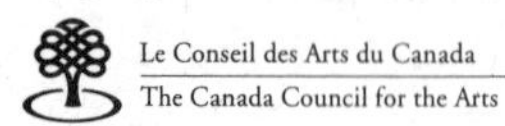

La publication de cet ouvrage a été réalisée grâce au soutien financier du Conseil des Arts du Canada et de la SODEC.

De plus, les Éditions Michel Quintin bénéficient de l'aide financière du gouvernement du Canada par l'entremise du Programme d'aide au développement de l'industrie de l'édition (PADIÉ) pour leurs activités d'édition.

Gouvernement du Québec – Programme de crédit d'impôt pour l'édition de livres – Gestion SODEC

ISBN 978-2-89435-437-7
Dépôt légal - Bibliothèque et Archives nationales du Québec, 2009
Dépôt légal - Bibliothèque et Archives Canada, 2009

Éditions Michel Quintin
C.P. 340, Waterloo (Québec)
Canada J0E 2N0
Tél. : 450 539-3774
Téléc. : 450 539-4905
www.editionsmichelquintin.ca

0 9 - G A - 1

Imprimé au Canada

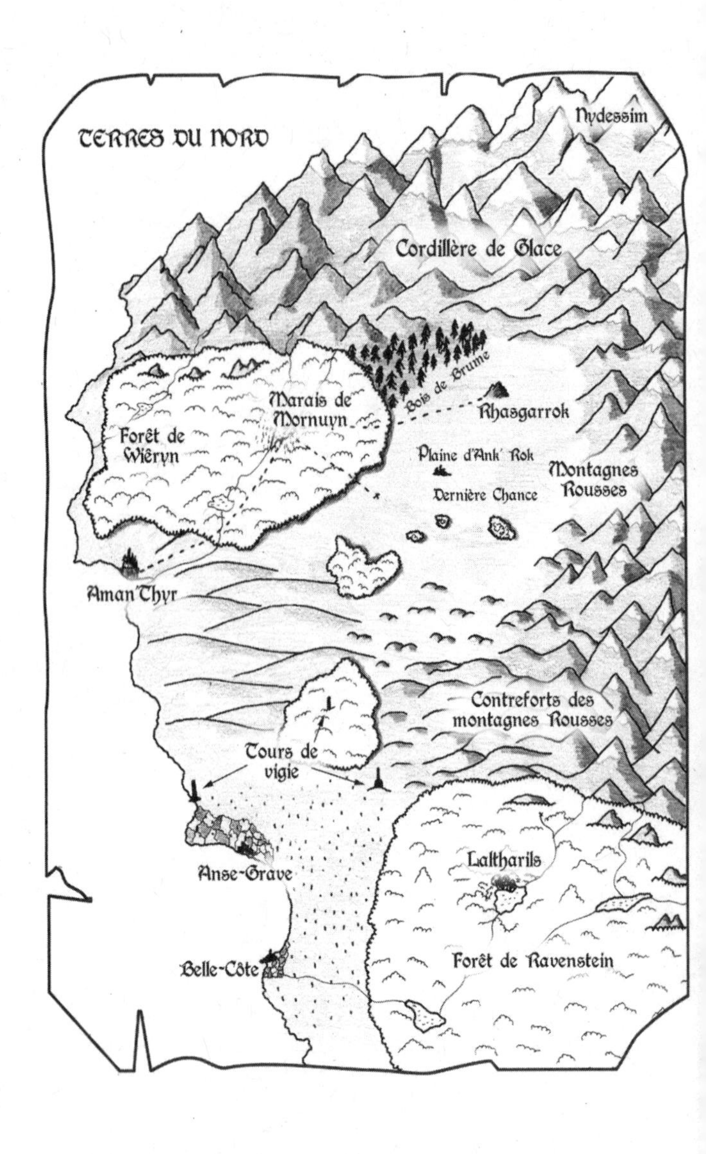
TERRES DU NORD
Nydessim
Cordillère de Glace
Bois de Brume
Marais de Mornuyn
Rhasgarrok
Forêt de Wiêryn
Plaine d'Ank' Rok
Montagnes Rousses
Dernière Chance
Aman'Thyr
Contreforts des montagnes Rousses
Tours de vigie
Laltharils
Anse-Grave
Forêt de Ravenstein
Belle-Côte

PROLOGUE

Sous l'immensité du ciel azur s'élevaient, fières et orgueilleuses, les cimes enneigées de la majestueuse cordillère de Glace. Barrière infranchissable dont nul ne connaissait les limites, cette chaîne de montagnes escarpées et immaculées était sans cesse balayée par une bise redoutable, tellement glaciale qu'une seule rafale suffisait à vous pétrifier les os.

La cordillère de Glace constituait le domaine ancestral des dragons.

Le veilleur avait quitté son refuge. Il exécutait sa ronde quotidienne, arpentant les cieux, surfant sur les courants froids, survolant les monts et les pics, glissant le long des parois abruptes. Malgré sa taille imposante et sa masse écrasante, son vol était gracieux, léger, aérien. Ses écailles bleues scintillaient sous le soleil au zénith. La danse du dragon était un spectacle rare et inoubliable.

Pourtant, le veilleur ne volait pas pour le plaisir. Non. Il accomplissait la mission que lui avaient confiée les anciens. Faisant partie des plus jeunes, il avait été désigné pour surveiller le domaine secret des siens pendant l'hibernation. Le prochain réveil aurait bientôt lieu, mais, au moindre signe suspect – présence intruse, catastrophe naturelle, attaque ennemie –, le veilleur devrait aussitôt alerter ses congénères endormis.

Heureusement, il ne se passait jamais rien dans ce désert infini de glace et de roche. Le veilleur passait ses journées et une partie de ses nuits à évoluer entre le bleu, le blanc et le gris de ce monde minéral.

Ses ailes membraneuses ouvertes aux vents, il planait. Laissant apparaître de redoutables crocs, sa gueule béante exhalait un souffle chaud et humide qui se transformait au contact de l'air glacé en un nuage de buée. Les rayons du soleil réchauffaient ses écailles azurées.

Soudain, une odeur familière éveilla ses narines sensibles. Un frisson de plaisir parcourut son échine. L'heure de la chasse avait sonné.

C'était le moment que le veilleur préférait. Repérer sa proie, la traquer pendant des heures en lui laissant croire qu'elle avait une chance de s'en sortir, puis fondre sur elle à l'instant même où elle se croyait enfin sauvée… Le dragon aimait sentir ses serres puissantes déchiqueter l'épaisse fourrure et s'enfoncer dans la chair tendre et brûlante. Il adorait respirer l'odeur du sang frais.

Tout à coup, un point noir se dessina à l'horizon. Le dragon se figea, incrédule.

Pourtant, très vite, son étonnement céda la place à la panique. Le veilleur piqua vers un rocher en contrebas pour se mettre à couvert. Son instinct de prédateur lui criait qu'il était en danger. Que, de chasseur, il risquait de devenir gibier…

Le dragon bleu resta prostré, tous ses sens aux aguets, attendant que la forme indistincte s'approche davantage. Alors seulement il sortirait de sa cachette et l'affronterait dans un duel sans pitié. Le veilleur tuerait l'intrus. Il n'avait pas le droit de faillir ni de mourir. La survie des siens en dépendait.

Au bout de longues minutes de silence, le dragon se décida à jeter un coup d'œil alentour. Il déploya ses larges ailes et contourna le piton enneigé qui le protégeait. Le ciel était vide. Pourtant, l'odeur était là, toute proche, chaude et appétissante… presque enivrante.

Au détour d'une dent rocheuse, le veilleur l'aperçut enfin. Son cœur manqua un battement.

Il resta en retrait, pour observer sans être vu.

Sur la neige écarlate, un magnifique dragon aux écailles noires et luisantes dévorait un ours énorme sans se soucier d'autre chose que de reprendre des forces.

Dérouté, le veilleur fixait la créature d'un œil soupçonneux. Ce dragon-là ne faisait pas partie du troupeau. Devait-il être considéré comme un ennemi ? Était-il au contraire un envoyé, un messager ?

Tout à coup, le dragon noir redressa la tête pour humer l'air. Ses naseaux dilatés se retroussèrent. Les aiguillons de sa collerette se hérissèrent, projetant des milliers de gouttelettes de venin dans l'air. Sa gueule couverte de sang s'ouvrit sur un cri terrifiant.

Le veilleur recula vivement, se plaquant contre le rocher, bouleversé.

Une femelle !

Le cri de la dragonne était reconnaissable entre tous. Or, depuis des centaines d'années, aucun dragon ne l'avait plus entendu.

C'était peut-être la dernière dragonne. L'unique chance pour le troupeau de ne pas s'éteindre à jamais !

Le sang du veilleur ne fit qu'un tour. Le temps de réveiller les anciens était arrivé.

1

La fenêtre grande ouverte laissait glisser une brise légère dans la chambre de Luna. Pourtant, le mince filet de fraîcheur ne parvenait pas à dissoudre la moiteur étouffante de cette nuit d'été.

Luna était en nage dans ses draps froissés. Il y avait plusieurs heures déjà qu'elle se tournait et se retournait, cherchant désespérément un infime morceau de tissu sec et frais. Agacée, elle se redressa brusquement, la gorge à nouveau sèche. Dans la pénombre argentée, sa main s'empara du verre pendant que l'autre cherchait la carafe. Comme celle-ci était presque vide, l'adolescente se leva sans un bruit et se dirigea vers la fontaine du salon pour remplir son verre. Avec avidité, elle le vida d'un trait avant de s'humecter longuement le visage.

À son retour dans sa chambre, son regard fut attiré par la lune au-dehors. Luna s'approcha de la lucarne pour admirer l'astre qui la fascinait depuis qu'elle était toute petite. L'elfe observa le disque blanc en souriant. Depuis qu'Eilistraée l'avait tirée des griffes de Lloth, Luna était intimement convaincue que la bienveillante déesse gardait toujours un œil sur elle. Un œil rond et brillant, comme la lune de ce soir, comme le pendentif qu'Eilistraée lui avait offert et que Luna gardait précieusement autour du cou.

L'adolescente ferma les yeux et remplit ses poumons des parfums boisés et sauvages de la forêt. La chaude brise fit danser ses fines mèches argentées. Le silence, que pas un seul grillon noctambule ne venait troubler, était lourd et profond, comme si toute la forêt dormait, écrasée par cette vague de chaleur inhabituelle.

Ce moment de plénitude lui rappela les douces nuits d'été dans la tanière, en compagnie de Zek et Shara, le couple dominant de la meute. Comme ce temps béni lui semblait loin ! Pourtant, le drame s'était produit seulement un an auparavant. Depuis ce jour fatidique, la vie de Luna avait radicalement changé. Elle avait vécu tellement d'épreuves et de souffrances, de bonheurs aussi, qu'elle ne serait plus jamais la petite sauvageonne insouciante qui batifolait dans la forêt de Wiêryn. D'autant moins que, demain, cette transformation serait officialisée.

Luna soupira, reposa son verre sur le guéridon et retourna dans son lit moite. Elle s'allongea en grimaçant. Si elle voulait parvenir à s'endormir, elle devait essayer de faire le vide, mais son esprit était en ébullition. En vérité, plus que la canicule, c'était l'excitation qui empêchait Luna de dormir.

Demain, elle aurait treize ans… Treize ans ! Un anniversaire qui marquerait une étape importante et définitive, la fin de son enfance et son entrée dans le monde des adultes. Luna redoutait ce jour autant qu'elle l'attendait avec impatience.

Pourtant, personne dans son entourage n'y avait fait allusion ! Ni sa mère ni son grand-père. Luna avait toujours pensé qu'Hérildur donnerait une grande fête en l'honneur de son unique petite-fille, que toute la ville y serait conviée en grande pompe. Cependant, rien n'était prévu. Personne ne semblait s'en soucier. Avaient-ils donc tous oublié ?

Pourtant, c'était Ambrethil qui avait appris à Luna qu'elle était née au mois de léinor, quatre jours exactement après le début de l'été. Impossible qu'elle ne s'en rappelât pas !

Alors que son esprit oscillait entre perplexité et indignation, Luna se sentit glisser dans une douce torpeur. Ses pensées, d'abord imprécises, devinrent de plus en plus floues et finirent par se déliter dans le néant absolu de l'inconscience.

Le vide. Noir et intense. Profond comme une nuit sans lune.

Soudain, le choc d'une chute la réveilla en sursaut.

Croyant être tombée de son lit, Luna se redressa, hébétée. Aussitôt, un mauvais pressentiment l'assaillit. Elle n'aurait su dire lequel de ses sens l'avait avertie en premier. Avait-elle été alertée par la fraîcheur glacée qui hérissait sa peau ou par l'odeur aigre qui lui donnait la nausée, ou le sinistre murmure du vent qui s'était mis à agacer ses oreilles, ou bien les débris poussiéreux qui jonchaient le sol sous ses pieds nus ou encore les ténèbres absolues qui l'enveloppaient ?

Luna tressaillit. Elle n'était plus dans sa chambre. Elle n'était pas non plus en train de rêver !

Sans bouger d'un millimètre, elle laissa errer son regard autour d'elle. Ce qu'elle découvrit ne la rassura nullement. L'adolescente se trouvait dans un bâtiment en ruines, au beau milieu d'une immense esplanade. Des dizaines de colonnes monumentales s'effritaient lentement, comme si elles étaient abandonnées depuis des siècles, déversant une multitude de gravats sur le marbre terni du sol. Cet endroit avait dû être magnifique avant de sombrer dans l'oubli et de s'écrouler, comme par l'effet du temps.

Un frisson parcourut la jeune fille. Simplement vêtue de sa fine chemise de nuit en dentelle, Luna resserra ses bras autour d'elle. Elle se décida à faire quelques pas hésitants. Lorsque ses pieds nus foulèrent les débris coupants, elle se figea en étouffant un petit cri.

— Cornedrouille ! murmura-t-elle en frottant son pied meurtri. C'est quoi, cet endroit ? Qu'est-ce que je fais là, bigredur ?

L'esplanade semblait déserte, mais Luna avait depuis longtemps appris à se méfier des apparences. Elle n'était pas encore assez experte en magie pour deviner quel maléfice l'avait attirée dans ce palais lugubre, mais elle était certaine d'une chose : rien n'était dû au hasard ! Quelqu'un l'avait délibérément amenée ici. Et cet être mystérieux se tapissait certainement dans l'ombre, surveillant sa proie avec avidité, attendant le moment propice pour lui bondir dessus.

Tous les muscles de l'adolescente se contractèrent. De longues minutes, seulement ponctuées par la plainte sifflante du vent, s'écoulèrent.

Où qu'elle fût, Luna comprit qu'elle ne pouvait pas rester ainsi prostrée. Elle devait essayer de trouver la sortie, de s'enfuir, d'échapper à l'être malfaisant qui l'avait enlevée. Malgré la douleur que lui infligeait chacun de ses pas, elle se dirigea sans faillir vers le monumental escalier qui s'enfonçait dans les ténèbres du château en ruines. Elle s'y engagea en observant les passerelles au-dessus d'elle, les balcons suspendus, les colonnades infinies et les portes cintrées qui se découpaient dans la pénombre, à l'affût du moindre mouvement qui trahirait une présence hostile. Mais rien ne bougeait.

Si les yeux de Luna ne reconnaissaient pas le décor apocalyptique qui l'entourait, un pressentiment de plus en plus fort envahissait son esprit.

— C'est curieux, marmonna-t-elle, j'ai comme l'impression d'être déjà venue ici…

Lorsque l'elfe parvint au pied d'un escalier, dans ce qui avait sans doute été un splendide vestibule, ses derniers doutes volèrent en éclats. Luna connaissait effectivement cet endroit !

Elle avait déjà gravi cet interminable escalier, admiré la haute coupole qui surplombait ce hall gigantesque. Mais, alors, aucun débris, aucuns gravats, aucune poussière ne souillait ce décor autrefois immaculé et somptueux, ce décor de glace et de lumière !

Le cœur battant, Luna se raidit.

— Tu as reconnu ma demeure, n'est-ce pas ? fit une voix dans sa tête.

Une voix à la fois douce et grave, empreinte d'une tristesse infinie. Une voix cassée, comme brisée par le remords et la souffrance.

Luna pivota. Ses yeux s'agrandirent lorsqu'elle aperçut dans l'embrasure d'une fenêtre la silhouette d'Abzagal. L'adolescente ne put retenir un cri de stupeur.

Abzagal *le merveilleux, le majestueux, le magnifique*, comme il se plaisait à le dire, n'était plus que l'ombre de lui-même. Dragon fantôme aux écailles grises et ternes, le dieu se tenait là, flottant devant elle dans une bulle translucide, voûté et tremblant comme une feuille de bouleau racornie.

Le cœur de Luna se serra. Le dieu dragon avait beau l'avoir trahie, ses remords étaient sincères lorsqu'il lui avait fait ses adieux, et Luna ressentait pour lui une tendresse particulière.

— Ne dis rien, petite Sylnodel. Je vois dans tes yeux ma propre déchéance et c'est suffisamment difficile à supporter comme ça. J'aurais aimé que tu ne me découvres jamais ainsi, mais je n'avais pas le choix…

Luna déglutit péniblement.

— Mais… que vous est-il arrivé ? s'écria-t-elle dans un souffle.

— Les anges, Sylnodel ! Ils ont puni ma bêtise, mon orgueil et ma vanité.

L'adolescente hocha la tête. Elle se souvenait en effet de l'intervention musclée des minuscules lucioles argentées. Abzagal avait enfreint les règles des dieux. La sanction avait été immédiate et sans appel.

— Lloth aussi avait désobéi, fit justement remarquer Luna. Est-elle dans le même état que vous ?

Abzagal secoua son long cou décharné.

— Lloth a perdu sa sphère et sa pierre de vie, certes, et sa tour n'est plus qu'un tas de ruines plongé dans les ténèbres comme mon pauvre palais, mais elle n'a pas perdu ses fidèles, elle. Au contraire, les drows attendent son retour avec impatience. Même si la déesse araignée ne peut plus entrer en contact avec eux, les elfes noirs la prient toujours avec une ferveur sans faille, multipliant les offrandes et les sacrifices. Alors que les avariels…

Sa voix s'éteignit dans un soupir.

— Quoi, les avariels ? insista Luna.

— Ils se sont imaginé que je les avais laissés tomber et ils m'ont abandonné à leur tour. La poignée d'avariels qui croient encore en moi se dissout d'heure en heure et bientôt plus aucun d'entre eux ne m'adressera la moindre petite prière. Le lien qui m'unissait à eux est en train de se rompre. Par conséquent, moi, le dieu déchu, je me liquéfie chaque minute un peu plus. Bientôt, je ne serai plus qu'un fantôme inconsistant.

— Comme l'a été Eilistraée ?

— Non, la fille de Lloth n'a jamais connu pareille humiliation, même si c'était ce que souhaitait son horrible mère. Eilistraée avait encore une poignée d'adeptes qui croyaient en elle et la vénéraient en secret. D'ailleurs, depuis qu'elle a récupéré sa sphère, le nombre de ses fidèles ne cesse d'augmenter. J'en suis heureux pour elle. C'est une déesse pleine de sagesse et d'amour. Elle mérite sa réhabilitation.

Un long silence marqua la fin de son discours.

— Et vous, que va-t-il vous arriver ? osa Luna.

Les frêles épaules écailleuses du dragon se soulevèrent péniblement.

— Je vais disparaître. À moins que…

— À moins que quoi ? Sacrevert ! s'énerva Luna, la punition que vous ont infligée les anges ne durera pas éternellement, non ?

— En effet, je devrais récupérer ma pierre de vie dans vingt-quatre heures, à peu près.

— Ben, alors, il n'y a pas de quoi paniquer ! s'écria Luna, à nouveau pleine d'espoir. Vingt-quatre heures, ce n'est rien du tout !

Abzagal laissa entendre un long soupir de désespoir.

— Détrompe-toi, Sylnodel. Vingt-quatre heures au royaume des dieux, c'est presque seize jours dans votre monde. Mais, dans seize jours, il sera trop tard.

Luna sursauta.

— Comment ça ?

— Depuis que je n'interviens plus dans la vie des avariels, les rivalités intestines entre les militaires et les érudits sont plus exacerbées que jamais. Nydessim est devenue la citadelle du chaos et de la discorde. Une sanglante guerre civile risque d'éclater et je veux à tout prix éviter le massacre. Or, je viens d'apprendre une terrible nouvelle qui va hélas précipiter les choses. L'impératrice des airs, Arielle, vient d'être assassinée !

Luna ignorait tout des coutumes avarielles, mais au ton d'Abzagal elle se doutait que l'événement était dramatique.

— J'ai besoin de toi, Sylnodel ! supplia le dragon d'une voix désespérée.

— De… de moi ? Pourquoi ?

L'échine du dieu dragon fut parcourue d'un frisson de peur.

— Ce meurtre n'est que le début, Sylnodel. Bientôt les avariels s'entredéchireront dans une guerre fratricide sans pitié. Depuis qu'ils m'ont élevé au rang de divinité, je passe mon temps à les protéger, à gérer leurs problèmes, à atténuer les tensions entre les deux fratries. En fait, je veille à ce que leurs différends ne dégénèrent pas en conflits sanglants. Grâce à moi, mes fidèles vivent dans la paix et l'harmonie... Enfin, vivaient, car ce temps béni semble bel et bien révolu, tout contact avec les mortels m'étant désormais impossible.

— Pourtant, vous avez bien réussi à me faire venir, moi ! objecta Luna, soudain soupçonneuse.

— Les anges ont beau être incorruptibles, ils ne sont pas complètement insensibles à ma détresse. Ce sont eux qui m'ont averti de l'assassinat d'Arielle et qui, du coup, m'ont accordé une faveur. J'ai demandé à parler à son époux, l'empereur du vent, mais les anges ont refusé, prétextant que toute relation avec les avariels m'était irrémédiablement interdite. Alors j'ai aussitôt pensé à toi.

— Mais pourquoi, cornedrouille ?

— Je ne connais personne qui ait eu le courage et l'audace d'affronter la déesse araignée comme tu l'as fait ! Tu es la seule capable de convaincre mon peuple de croire à nouveau en moi. Il faut que tu parviennes à le raisonner et à rétablir mon culte afin que je puisse entrer en contact avec lui dans seize jours. Si le lien ténu qui m'unit encore un peu aux avariels disparaît complètement, je mourrai et eux aussi…

Le dragon expira lentement avant de reprendre :

— Par ailleurs, tu es tellement habile et intelligente qu'avec un peu de chance tu trouveras peut-être l'assassin de l'impératrice et tu rétabliras la paix entre les avariels. J'ai confiance en toi, Sylnodel, je sais que tu peux y arriver.

Luna sentit ses joues s'enflammer. De telles louanges auraient dû la flatter, mais, curieusement, c'était la colère qui montait en elle.

— Ça, c'est fort ! s'indigna-t-elle. Je vous rappelle que vous avez refusé de m'aider lorsque j'ai eu besoin de vous, Abzagal ! Vous n'avez pas tenu votre promesse et je suis arrivée trop tard pour délivrer Sylnor des griffes de Lloth. Désormais, ma sœur est entre les mains de matrone Zesstra et sa vie doit être un enfer ! Et vous, vous avez l'audace de me demander de l'aide !

Comme s'il venait de recevoir un coup douloureux, le dragon se recroquevilla sur lui-même. Luna le toisa froidement, les deux poings serrés sur ses hanches fines.

— Hein, pourquoi devrais-je vous aider ? Donnez-moi seulement une bonne raison ! l'exhorta-t-elle, furieuse.

— Je… je n'en ai aucune, confessa Abzagal, rongé par la honte et le remords. J'avais juste l'espoir que tu aurais… pitié de moi.

Luna resta quelques secondes interdite. La pauvre créature qui lui faisait face n'avait plus rien de commun avec le dieu prétentieux et égoïste qu'elle avait connu. Cette soudaine humilité la bouleversa.

— J'ai besoin de réfléchir, Abzagal, annonça-t-elle d'une voix radoucie. Toutefois, sachez que si j'accepte de vous venir en aide, je ne le ferai pas par pitié ! Je le ferai pour les avariels !

Le dragon releva légèrement la tête. Une bouffée d'espoir brillait à présent dans ses yeux caverneux.

— Si tu acceptes, fit-il en hésitant, appelle-moi sans tarder, car les anges ne m'ont donné que trois heures pour te convaincre.

— Trois heures ! Mais…

— Cela équivaut à environ deux jours dans ton monde. Si tu veux m'aider, pense très fort à moi en te couchant et les anges t'enlèveront dans ton sommeil pour te conduire à Nydessim.

— Ne vous emballez pas, Abzagal, je n'ai pas encore dit oui ! coupa Luna, excédée de se voir ainsi forcer la main. Maintenant, ramenez-moi chez moi !

— Attends ! objecta le dieu. Tu dois savoir autre chose. Si tu acceptes de te rendre dans la forteresse des avariels, tu devras attendre mon retour et la nomination d'une nouvelle impératrice pour que je te ramène à Laltharils.

— La nomination d'une nouvelle impératrice... Pourquoi ça ?

— Les anges ne m'accorderont pas une deuxième chance d'entrer en contact avec toi. Par contre, lorsque tu seras à Nydessim, nous pourrons communiquer grâce à un artefact magique, appelé le parchemin d'or. Seule la jeune femme qui succèdera à Arielle possèdera cet objet qu'elle aura obtenu en résolvant l'énigme du bassin... Ce sera donc par son intermédiaire que je saurai que tu as réussi et que tu pourras rentrer chez toi. Tu comprends ?

— Non, pas tout ! fulmina Luna, agacée. Toute cette histoire d'artefact, de parchemin et d'énigme à résoudre me fatigue déjà ! J'en ai assez entendu pour le moment, Abzagal. Demandez aux anges de me ramener chez moi, et tout de suite !

2

Un rayon de soleil caressa le visage de Luna. L'elfe, encore à moitié endormie, tourna la tête comme pour se protéger de la lumière trop vive. Elle avait encore sommeil, elle voulait faire la grasse matinée. La nuit avait été trop courte. Beaucoup trop courte.

Son étrange périple nocturne lui revint brutalement à l'esprit. Luna ouvrit les yeux d'un coup. Le décor familier de sa chambre la rassura immédiatement. Les anges l'avaient bien ramenée chez elle. Cependant, lorsqu'elle se rappela Abzagal et sa requête insensée, une nouvelle vague de colère la submergea.

« Non, mais quand même ! ragea-t-elle en s'asseyant sur ses draps clairs. Il ne manque pas d'audace, le dragon, pour oser me demander un tel service… Bigredur ! Il refuse de m'aider à secourir ma sœur, et lui, il veut que je sauve tout son peuple ! »

Certes, le discours désespéré du dieu déchu avait profondément ébranlé Luna. La détresse infinie d'Abzagal faisait sincèrement peine à voir. Pourtant, c'était cela justement qui mettait Luna hors d'elle. Le dragon l'avait une fois de plus manipulée en jouant sur une corde sensible. Il ne lui avait pas laissé le choix. Il savait que, face à son apparence misérable, à son palais miteux et au sort funeste des pauvres avariels, Luna, la courageuse, la vaillante, la brave, ne pourrait pas dire non.

En serrant les dents pour s'empêcher de hurler, Luna se dirigea vers la salle de bains. Tout en brossant sans ménagement sa longue chevelure argentée, elle s'obligea à oublier la silhouette décharnée d'Abzagal. Il était hors de question qu'elle laisse le dieu lui gâcher le jour de ses treize ans ! Luna noua ses cheveux à l'aide d'un ruban rouge et troqua sa chemise de nuit contre une robe légère. Elle enfila ensuite de fines ballerines et s'aperçut que les coupures aux pieds provoquées par les débris du palais avaient complètement disparu. Sans chercher d'explication logique à ce miracle, Luna haussa les épaules et traversa le salon. Au passage, elle attrapa une pêche dans la corbeille de fruits avant de se rendre sur la terrasse.

L'adolescente constata, déçue, qu'Elbion n'était pas encore revenu de sa virée nocturne. Elbion, son loup adoré qu'elle avait retrouvé en piteux état dans les sous-sols du monastère de matrone Zesstra... Quatre mois avaient été nécessaires à l'animal pour se remettre complètement de ses profondes blessures. Quatre mois durant lesquels Luna l'avait choyé et entouré de soins attentifs. Depuis deux mois qu'il était complètement guéri, le grand loup ivoire passait le plus clair de son temps à chasser dans la forêt. En général, Luna l'accompagnait et, ensemble, guidés par l'esprit de Ravenstein, ils se promenaient, découvrant de nouveaux endroits plus merveilleux les uns que les autres. Pourtant, depuis le début de la canicule, Elbion préférait sortir la nuit et dormir le jour.

Tout en admirant la vue que lui offrait le lac aux eaux pures et cristallines, Luna mordit dans la pêche à pleines dents. Le fruit était sucré et juteux à souhait. Ce moment de pur délice atténua quelque peu son ressentiment.

S'avisant soudain de la position du soleil, Luna prit conscience qu'il était déjà tard et que sa première leçon n'allait pas tarder à débuter. Si Luna voulait rejoindre Assyléa au lac pour sa baignade quotidienne avant ses cours, elle devait se dépêcher.

— Cornedrouille ! jura-t-elle. Assyléa doit se demander ce que je fabrique !

Luna sauta sans attendre par-dessus la balustrade et dévala le chemin qui serpentait vers la petite crique abritée.

Malgré leur différence d'âge, Luna et Assyléa étaient devenues complices. Depuis le départ de Darkhan et de Kendhal pour Aman'Thyr, les deux jeunes filles s'étaient beaucoup rapprochées. Elles avaient fait table rase du passé. Luna avait pardonné et Assyléa avait appris à sourire.

Si la drow s'était relativement bien intégrée dans la communauté des elfes de lune, il n'y avait qu'à Luna qu'elle avait confié ses blessures intimes. Elle lui avait très vite révélé le lien de parenté qui unissait matrone Zesstra et Sarkor, ainsi que l'odieux chantage auquel l'avait soumise la terrible matriarche. Au fil des jours, elle avait dévoilé les horreurs qu'elle avait endurées pendant son enfance au monastère. Ainsi libérée des fardeaux dont les prêtresses drows l'avaient écrasée, son âme s'était peu à peu allégée. Luna avait découvert quelqu'un de profondément gentil, généreux et ouvert aux autres. Assyléa n'avait rien en commun avec sa sœur aînée, Oloraé. Rien à voir non plus avec les autres novices, perverties et dépravées par les rituels sanglants auxquels elles s'adonnaient pour être agréables à Lloth.

Par ailleurs, il n'y avait qu'à Assyléa que Luna avait osé parler de Sylnor. Luna n'avait toujours rien révélé à sa mère, Ambrethil, qui ignorait qu'elle avait découvert l'existence de sa sœur cadette. Selon Assyléa, les choses étaient mieux ainsi. De toute façon, Sylnor avait subi tellement de traumatismes et perpétré tant d'horreurs qu'elle était devenue une drow de la pire espèce. L'innocente fillette qu'Ambrethil avait été contrainte de livrer aux prêtresses n'existait plus. Sylnor était devenue une abomination. Mieux valait donc qu'Ambrethil n'ait plus jamais aucune nouvelle d'elle. Luna, qui faisait totalement confiance à Assyléa, s'était finalement laissée convaincre de garder le secret, aussi lourd et terrible fût-il à porter.

Avec l'arrivée des beaux jours, les deux amies avaient pris l'habitude de se retrouver tous les matins pour une baignade dans les eaux fraîches du lac de Laltharils. Or, ce matin, pour la première fois, Luna était en retard.

Lorsqu'elle arriva sur la plage de sable fin, l'endroit était désert. Cette journée commençait décidément bien mal… « Tout est la faute d'Abzagal ! grogna Luna intérieurement. S'il ne m'avait pas retenue une bonne partie de la nuit, je me serais réveillée plus tôt et je n'aurais pas manqué Assyléa ! Disparais dans les profondeurs des marais putrides, dragon de malheur ! »

Luna lança rageusement robe et ballerines sur une souche de la berge et pénétra dans le lac en fermant les yeux, se laissant apaiser par la caresse humide de l'eau sur sa peau. Soudain, une gerbe glacée l'éclaboussa. Elle lâcha un cri de stupeur qui fut couvert par un éclat de rire cristallin.

— C'est à cette heure qu'on se lève, altesse ! se moqua Assyléa, surgie de derrière un rocher, tout en continuant à l'asperger.

Le visage trempé de Luna irradia une joie intense. Elle plongea ses deux mains dans l'eau et imita aussitôt son amie, qui se mit à son tour à pousser de petits cris aigus en s'enfuyant. C'était un de leurs jeux préférés.

Quelques minutes plus tard, les deux filles, enfin calmées, nageaient tranquillement l'une à côté de l'autre. Elles fendaient la surface azur en silence, jouissant du simple bonheur d'être ensemble. Lorsqu'elles furent revenues sur la berge, Luna s'installa au soleil.

Assyléa vint s'asseoir près d'elle. Elle était magnifique. Ses cheveux d'ébène ruisselaient, semant des milliers de perles scintillantes sur sa peau anthracite. Ses traits étaient d'une finesse incroyable et ses iris roses conféraient à son visage une douceur particulière. Luna la contempla un moment avant d'amorcer la conversation.

— Désolée pour mon retard, mais je n'ai pas beaucoup dormi, cette nuit.

— À cause de la chaleur, sans doute, devina Assyléa en souriant. Moi, c'est pareil. Il ne faisait jamais chaud comme ça à Rhasgarrok, tu sais.

Luna acquiesça en souriant. Oui, elle savait.

— Dis, tu as déjà entendu parler des avariels ? s'enquit-elle sur un ton qu'elle voulait innocent.

— Des… avariels ? répéta Assyléa en plissant le front. Non, jamais. C'est quoi ?

Luna hésita.

— Je crois que ce sont des elfes ailés… Toutefois, d'aucuns prétendent que ce sont des êtres légendaires.

Assyléa l'observa avec circonspection.

— Pourquoi me parles-tu d'eux ? Ça a un rapport avec ton insomnie ?

— Non, absolument pas ! se défendit Luna un peu trop vite. J'ai juste… heu… surpris une conversation entre deux courtisans, hier. Je me demandais si tu savais quelque chose à ce sujet. Voilà, c'est tout.

— D'accord, c'est tout, conclut Assyléa avec un air entendu.

Un long silence suivit. Luna, mal à l'aise, tenta d'aborder un autre sujet.

— Au fait, tu n'as pas entendu dire qu'il y avait une fête, aujourd'hui ?

— Une fête ? s'étonna la jolie drow. Eh bien non, pas que je sache. Pourquoi ?

— Oh, pour rien, pour rien... fit Luna en essayant de cacher sa déception. Bon, ben... il va falloir que j'y aille. Mon cours va bientôt commencer. On se voit en fin d'après-midi ?

— Heu ! non, désolée. Ta mère m'a promis de m'apprendre à tisser.

— Ah ? Tant pis ! Bon, alors, à demain.

— Oui, c'est ça, à demain.

Luna se leva brusquement. Elle se rhabilla en vitesse, adressa un petit signe de la main à Assyléa et se dépêcha de gravir le sentier. La jeune elfe noire la regarda disparaître, un sourire au coin des lèvres.

Luna bouillait intérieurement. Sa meilleure amie ne lui avait même pas souhaité un bon anniversaire ! Pourtant, Luna le lui avait subtilement rappelé la semaine dernière. Trop subtilement, sans doute. Et le comble, c'était qu'Assyléa préférait faire de la tapisserie avec Ambrethil plutôt que de passer du temps en sa compagnie !

« Kendhal, lui, n'aurait certainement pas oublié, ne put-elle s'empêcher de ruminer en ravalant un sanglot. Il aurait même organisé une grande fête en mon honneur. Si seulement il n'était pas parti rejoindre son père… »

Le jeune elfe doré lui manquait terriblement. Après leurs retrouvailles à Rhasgarrok et une semaine passée à Laltharils, le devoir l'avait rappelé. Kendhal était parti avec toute sa famille rejoindre Hysparion, son père, pour venir en aide aux survivants d'Aman'Thyr. Darkhan avait choisi de les escorter, après quoi il était resté là-bas pour les aider à reconstruire la forteresse ravagée par les hordes drows. Cela ferait bientôt six mois que Luna ne les avait pas revus.

Halfar aussi lui manquait, mais moins. En fait, Luna lui en voulait toujours de l'avoir piégée, d'avoir sans doute trahi Kendhal et d'avoir entraîné Elbion dans l'enfer de Rhasgarrok. Son cousin avait vraiment mal agi et Luna savait au fond d'elle-même qu'elle aurait du mal à lui pardonner. Toutefois, elle espérait sincèrement que Sarkor le retrouverait rapidement et qu'ils seraient bientôt de retour. Alors, peut-être serait-il temps de se réconcilier.

Avant de se rendre dans la salle de cours, Luna repassa à ses appartements pour se changer. Moins de dix minutes plus tard, dans une tenue plus décente, elle frappa à la porte du vieux Syrus, son professeur d'elfique.

C'était Hérildur qui avait insisté pour que sa petite-fille s'instruise. Après le départ de Kendhal, Luna semblait tellement abattue que son grand-père, tracassé, avait cherché le moyen de lui changer les idées. Il avait sollicité les meilleurs précepteurs de Laltharils. Au programme, elfique et arithmétique le matin et sciences occultes après le repas, ce qui lui laissait tout de même du temps libre l'après-midi.

Même si au début l'idée d'Hérildur était loin de l'enchanter, l'adolescente lui en avait très vite été reconnaissante. Il s'était avéré que Luna adorait apprendre. Désormais, elle parlait couramment la langue de ses ancêtres. Elle prenait même plaisir à traduire les interminables poèmes des épopées elfiques. Les casse-tête mathématiques du père Amboisil l'amusaient follement. Résoudre des énigmes complexes était devenu l'un de ses passe-temps favoris. Quant à la magie, qu'elle étudiait avec dame Lyanor, c'était de loin sa matière préférée. Luna s'était révélée une élève fort douée. Ses capacités mentales hors du commun n'en finissaient pas d'émerveiller sa préceptrice. Luna maîtrisait de mieux en mieux ses différents pouvoirs et parvenait à les utiliser en économisant son énergie vitale. Elle étudiait actuellement la télépathie afin de pouvoir communiquer à distance et la légilimancie qui permettait de lire les pensées des gens sans qu'ils s'en rendent compte. Cependant, de nombreuses heures d'entraînement lui seraient encore nécessaires pour parvenir à percer les secrets de l'esprit.

Les cours de Luna parvinrent de nouveau à lui changer les idées, à lui faire oublier sa contrariété. Lorsqu'elle quitta dame Lyanor, elle se sentait complètement apaisée. Puisque Assyléa était occupée, Luna en profiterait pour rendre une petite visite à son ancien mentor. Le Marécageux serait sans aucun doute ravi de la voir.

À leur retour de Rhasgarrok, Hérildur avait proposé au vieil elfe sylvestre de venir vivre à Laltharils mais, en bon ermite, celui-ci avait poliment décliné l'offre du roi pour s'installer au sud de Laltharils, sur une petite île perdue au beau milieu d'un étang couvert de nénuphars. Il avait trouvé un vénérable chêne noueux contre lequel il avait bâti une cabane rudimentaire, mais somme toute assez confortable. L'endroit ressemblait étrangement à son précédent refuge, en plus agréable et en moins... nauséabond. D'ailleurs, le

Marécageux n'utilisait presque plus jamais ses expressions favorites. Oubliés les « nom d'un marais puant ! », les « sainte Putréfaction ! » les « par le Grand Putride ! » et autres jurons truculents.

En réalité, le Marécageux avait beaucoup changé. Voûté, vieilli, amaigri, il ne se déplaçait plus sans son bâton. Et, même si à chacune des visites de Luna il accueillait toujours avec tendresse sa petite « marmousette », il était bien moins loquace qu'avant. Son regard gris était morne et taciturne comme un ciel d'automne. Bien qu'il tentât de le cacher, Luna le savait rongé par le remords et le chagrin. Aussi, comme il lui répétait sans cesse qu'elle était son rayon de soleil, l'adolescente essayait d'aller le voir le plus souvent possible.

Plus encore que la veille, la journée était torride, mais, heureusement, les épaisses frondaisons rendaient supportable l'étouffante chaleur. Luna profita de chaque ruisseau qu'elle rencontrait pour se rafraîchir et se désaltérer avec avidité.

Après deux bonnes heures de marche, elle parvint enfin au bord de l'étang. Un simple tronc servait de passerelle pour rejoindre l'abri de l'ermite. Luna le franchit avec grâce et frappa quelques coups sonores contre la porte en bois vermoulu.

Aucune voix ne l'invita à entrer. Aucun grognement ne lui indiqua non plus qu'elle avait perturbé la sieste du propriétaire des lieux. Luna cogna à nouveau et, comme seul le silence faisait écho à ses coups, elle entrouvrit la porte afin de jeter un coup d'œil à l'intérieur.

La modeste cabane était vide. Luna soupira de dépit. Décidément, ce n'était franchement pas son jour !

Ne se sentant pas le courage de repartir immédiatement, elle décida d'attendre là le retour de son mentor. Pour s'occuper, elle passa un chiffon humide sur les coffres poussiéreux et la table collante. Elle donna un coup de balai au parquet et replia les vêtements usés jusqu'à la corde négligemment jetés dans un coin. Le ménage et le rangement n'avaient jamais été le fort du vieil elfe.

Comme le Marécageux tardait à rentrer, Luna finit par griffonner un petit mot à son intention avant de s'en aller, le cœur lourd. Elle aurait aimé lui parler des avariels et lui demander conseil. Car, même si elle s'efforçait de ne pas y penser, la requête désespérée d'Abzagal revenait régulièrement hanter ses pensées.

Lorsque Luna fut de retour au palais, l'après-midi touchait à sa fin. En l'apercevant sur la terrasse ombragée, Elbion, qui s'étirait après sa longue sieste, bondit dans sa direction pour quémander quelques câlins. Trop heureuse de cet accueil chaleureux, l'adolescente s'empressa de caresser la belle fourrure immaculée de son loup en lui murmurant des mots doux. Une indéfectible amitié liait ces deux êtres.

— Ah, te voilà enfin ! s'exclama Ambrethil depuis le salon. Voilà des heures que je te cherche partout. Où étais-tu encore passée ?

Luna leva des yeux étonnés vers sa mère.

— J'étais partie rendre visite au Marécageux, mais il n'était pas chez lui. Je l'ai attendu un bon moment et j'ai fini par rebrousser chemin... Pourquoi me cherchais-tu ?

Oublieuse de toutes les déceptions de la journée, elle était soudain pleine d'espoir.

— Ne me dis pas que tu as oublié ?

Le cœur de Luna se mit à tambouriner dans sa poitrine. Sa mère faisait évidemment allusion à son anniversaire ! Elle s'était justement parée pour l'occasion d'une superbe robe jaune vif qui s'harmonisait à merveille avec ses boucles dorées. Un franc sourire éclaira le visage de la jeune elfe. Elle lâcha Elbion et se redressa.

— Oublié quoi ? demanda-t-elle, faussement naïve.

— Enfin, Luna, je t'avais pourtant prévenue ! répliqua sa mère. La délégation de Belle-Côte est arrivée ! Tu sais bien qu'Hérildur reçoit les dignitaires humains en vue d'établir une alliance contre les drows. Ton grand-père compte sur ta présence.

Les épaules de Luna s'affaissèrent d'un coup. Cette rencontre diplomatique lui était en effet complètement sortie de l'esprit ! Sa mère lui en avait bien parlé, mais Luna ne s'était pas avisée qu'elle tombait justement le soir de son treizième anniversaire ! Son visage se crispa.

— Allez, tu verras, ce sera très instructif, enchaîna Ambrethil. Il est grand temps que tu t'intéresses à la politique. Viens, chérie, je vais t'aider à te préparer.

Luna se mordit la lèvre inférieure pour ne pas laisser exploser sa déception.

Moins d'une heure après, Luna était en beauté. Une élégante robe vert anis mettait sa délicate silhouette en valeur. Dans ses cheveux d'argent nattés et parsemés de fleurs et de feuilles scintillait une fine couronne d'émeraudes.

L'adolescente s'était laissée apprêter docilement, mais elle n'avait pas prononcé une parole. Elle assisterait à cette soirée pour ne pas décevoir son grand-père, mais elle était profondément vexée. À la première occasion, elle s'éclipserait et retournerait à ses appartements.

Apparemment d'humeur joyeuse, Ambrethil ne fit aucun commentaire sur l'attitude renfrognée de sa fille et l'escorta sans attendre jusqu'au salon de réception où se tenaient d'habitude les rencontres diplomatiques.

— Vas-y, entre, fit-elle en ouvrant la lourde porte devant Luna. Tâche de sourire un peu. On dirait que tu vas à un enterrement !

Luna détourna la tête en haussant les épaules, mais son geste d'humeur se figea.

— Surprise ! s'écria en chœur l'assemblée.

Devant ses yeux incrédules se tenaient Hérildur, Assyléa, le Marécageux, ses professeurs ainsi que de nombreux amis et courtisans. Pourtant, ce fut lorsque Luna aperçut Darkhan et Kendhal, qui avaient fait le voyage spécialement pour elle, que ses yeux se remplirent de larmes. Luna se précipita vers eux pour les prendre dans ses bras.

Personne n'avait oublié qu'elle avait treize ans et la fête promettait d'être inoubliable.

3

La fête fut en effet exceptionnelle.

Lorsque Luna regagna sa chambre, très tard dans la nuit, elle se laissa tomber lourdement sur son lit sans même prendre le temps de défaire sa robe ni sa coiffure. Les vapeurs d'hydromel, auquel elle avait eu le droit de goûter pour la première fois, lui embrumaient l'esprit. Autour d'elle, tout tournait et se déformait. Pourtant, une indescriptible joie l'habitait tout entière.

Joie d'avoir écouté le discours d'Hérildur, des vers interminables mais débordants d'amour ; d'avoir senti Ambrethil comblée de bonheur, plus rayonnante que jamais ; d'avoir revu Kendhal, avec qui elle avait discuté une bonne partie de la soirée ; d'avoir découvert une Assyléa si souriante, peut-être à cause du ténébreux Darkhan… Joie d'avoir goûté les treize desserts, tous plus sucrés et colorés les uns que les autres ; d'avoir lu les messages d'amitié que chacun avait consignés sur un grand parchemin ; d'avoir écouté de la musique ; d'avoir ri et dansé à s'en étourdir. Même le Marécageux en avait oublié sa tristesse et lâché son bâton pour s'élancer dans une gigue endiablée avec sa « marmotine ».

Luna, les yeux grand ouverts, revivait chaque seconde de cette incroyable surprise. Personne n'avait oublié son anniversaire, le premier que Luna eût fêté et qui resterait gravé dans sa mémoire l'éternité durant.

Soudain, ses pensées devinrent floues et imprécises. La fatigue la submergea telle une déferlante, éparpillant ses souvenirs, troublant son regard, annihilant ses dernières forces. Son esprit s'échappa. Luna sombra dans un sommeil lourd et profond.

Lorsqu'elle se réveilla, sa chambre était inondée de soleil. Une chaleur écrasante alourdissait déjà l'air. En sueur, elle se redressa sur un coude pour atteindre sa carafe. Une migraine atroce la força à s'allonger de nouveau. C'était comme si un étau géant lui enserrait le crâne, cherchant à broyer même ses plus infimes pensées. Luna resta couchée, sans bouger, les yeux clos, attendant que la douleur s'atténue.

Après d'interminables minutes, elle finit par se lever pour se rendre à la salle de bain d'un pas mal assuré, comme une somnambule. Là, elle ôta sa robe toute chiffonnée, son diadème et les quelques fleurs fanées encore accrochées à ses cheveux. Elle s'accroupit pour se pencher au-dessus du bassin de granit rempli d'une eau limpide et parfumée. Luna y plongea la main pour s'asperger le visage, puis elle se laissa glisser dans l'eau, la tête la première. Le contact saisissant la revigora immédiatement. Elle fit quelques brasses en savourant la caresse de l'eau.

Luna se sentait mieux, à présent. Détendue, apaisée, elle ferma les yeux pour apprécier ce moment de pur plaisir. C'est alors que la silhouette fantomatique d'Abzagal s'imposa à son esprit avec la force d'une gifle. Toute à son bonheur, elle avait complètement oublié que le dragon comptait sur elle !

Comme une flèche, Luna jaillit hors du bassin pour se sécher.

Il fallait absolument qu'elle s'entretienne au plus vite avec Hérildur, qu'elle l'interroge sur les avariels, qu'elle lui parle de sa discussion avec Abzagal et de sa requête désespérée. Son vénérable aïeul saurait ce qu'il convenait de faire.

Depuis son retour de Rhasgarrok, Luna avait en effet eu l'occasion de passer beaucoup de temps avec son grand-père. Faisant fi du protocole rigoureux, ils étaient devenus très proches. Malgré ses affaires et ses nombreux tracas, Hérildur trouvait toujours du temps à lui consacrer. Ils passaient parfois des heures entières à discuter. Outre l'étendue de ses connaissances, le vieil elfe argenté possédait cette faculté rare de savoir écouter les autres. Plein de sagesse et de bon sens, il donnait toujours à Luna d'excellents conseils.

Luna enfila la première robe qui lui tomba sous la main, un bain de soleil turquoise brodé de motifs floraux, et sortit en trombe de sa chambre. Elle s'élança pieds nus dans les couloirs du palais, sous les yeux ahuris des quelques courtisans qui la croisèrent. Ses cheveux, encore mouillés, bondissaient sur son dos, parsemant le sol de gouttelettes d'eau.

Arrivée devant l'imposante double porte des appartements de son grand-père, Luna salua les gardes en faction et entra sans attendre leur consentement.

— Grand-père ? s'écria Luna en se précipitant dans le salon richement décoré. Je peux entrer ? Il faut absolument que je te…

— Nous sommes sur la terrasse ! répondit la voix du patriarche.

« Nous ? » L'adolescente fronça les sourcils. Mue autant par l'urgence que par la curiosité, elle se précipita vers l'immense terrasse qui dominait la baie. Elle trouva Hérildur en compagnie de Darkhan et d'Assyléa.

Soudain confuse de troubler ce qui semblait être une conversation privée, elle se figea sur le pas de la porte-fenêtre.

— Puisque tu es ici, approche, Sylnodel, l'invita Hérildur. Viens saluer ton cousin et ton amie avant leur départ.

Les yeux de Luna s'écarquillèrent ; sa bouche s'ouvrit. Pourtant, aucun son n'en sortit. Pour couper court aux mimiques d'incompréhension de sa cousine, Darkhan prit les devants.

— En arrivant à Laltharils, j'étais convaincu d'y retrouver Sarkor et Halfar. Tu imagines aisément ma déception et mon inquiétude en constatant qu'ils n'étaient toujours pas revenus… après presque six mois ! La disparition de mon frère m'attriste énormément, mais je demeure persuadé que mon père n'aurait pas dû partir seul à sa recherche. Je crains qu'il ne lui soit arrivé quelque chose de grave et je veux découvrir ce qui le retient à Rhasgarrok. Je pars donc dès cet après-midi en direction de la cité maudite.

— Je vais l'accompagner, pour le guider ! s'empressa d'ajouter Assyléa. Du fait des liens qui unissent matrone Zesstra à Sarkor, je crains hélas que notre enquête ne nous entraîne jusqu'au monastère. Par chance, je connais cet endroit mieux que quiconque. Et j'ai besoin de me racheter. Je me sens un peu responsable de la disparition d'Halfar et j'aimerais vraiment pouvoir accomplir quelque chose de bien au moins une fois dans ma vie.

Darkhan secoua la tête. Les plis soucieux de son front indiquaient clairement sa désapprobation. Hérildur, jusqu'alors silencieux, se tourna vers sa petite-fille.

— Ton cousin pense que Rhasgarrok n'est pas l'endroit idéal pour une jeune fille. Il croit que cette mission peut s'avérer trop dangereuse. Qu'en penses-tu, Sylnodel ?

Flattée d'être ainsi consultée, Luna dévisagea Darkhan et Assyléa. Elle n'avait absolument pas envie de voir partir sa meilleure amie, mais la supplique muette qu'elle lut dans son regard la bouleversa. Elle prit une grande inspiration et se lança :

— Rhasgarrok n'était pas non plus l'endroit idéal pour une adolescente, et pourtant j'y ai bien survécu ! À mon avis, Assyléa est suffisamment adulte pour décider de ce qui peut être dangereux pour elle. D'autre part, je comprends son envie de nous venir en aide. En plus d'être courageuse et déterminée, Assyléa est tout à fait digne de confiance. Elle fera une alliée de choix pour Darkhan, j'en suis certaine.

Un imperceptible sourire de soulagement se dessina sur les lèvres noires de la jeune drow.

— Je partage entièrement ton point de vue, Sylnodel ! décréta le vieux souverain en mettant sa main devant sa bouche pour étouffer une quinte de toux. Assyléa a prouvé qu'elle était digne de notre confiance et je pense que sa présence aux côtés de Darkhan sera une bonne chose. Bien. Sur ce, mes enfants, allez vous préparer, maintenant. Je vais faire seller deux montures et vous prendrez aussitôt la direction des montagnes Rousses pour éviter d'être à portée des tours de vigie. Je doute que notre jeune amie ait envie de renouveler son exploit, n'est-ce pas ?

Assyléa lui adressa un sourire entendu avant de s'incliner avec respect. Hérildur avait parlé sur un ton bienveillant, mais suffisamment autoritaire pour que Darkhan n'osât pas le contredire. Le jeune sang-mêlé salua froidement son grand-père et s'éloigna, aussitôt suivi d'Assyléa.

Luna se précipita vers eux pour les embrasser. Lorsqu'elle revint vers son grand-père, ses yeux étaient perlés de larmes contenues.

— Alors, Sylnodel, qu'est-ce qui était urgent au point que tu en oublies de frapper à ma porte ? s'amusa Hérildur en prenant place sur un fauteuil en rotin.

L'adolescente devint pivoine.

— Je te taquine, ma belle… reprit le roi, un brin amusé. Assieds-toi là et raconte-moi tout.

— Je… j'aimerais que tu me parles des avariels, que tu me racontes leur légende.

Ne pouvant cacher sa surprise, le vieil elfe sursauta. Il s'apprêtait à répondre quand une nouvelle quinte de toux le plia en deux.

— Tu es malade, grand-père ? s'inquiéta aussitôt Luna.

— Non, ce n'est rien, la rassura Hérildur en se raclant la gorge. J'ai dû attraper froid mais…

— Par le temps qu'il fait ?

— Hum… Comme ça, tu souhaites que je te raconte la légende des avariels ? questionna le vieil elfe, apparemment pressé de changer de sujet. Tu vois, Sylnodel, lorsque à ton retour tu m'as confié que tu avais rencontré Abzagal au royaume des dieux, toutes mes certitudes ont été sérieusement ébranlées. J'ai alors entrepris des recherches approfondies sur les avariels. Toutefois, je suis étonné que ta curiosité ne se manifeste que maintenant.

Le grand-père de Luna marqua une pause.

— D'abord, il faut que tu saches que l'origine des avariels remonte à l'aube des temps, à l'époque bénie où tous les elfes des terres du

Nord vivaient en paix. Bien avant la trahison des drows et les guerres fratricides qui en ont découlé. Les avariels ne s'appelaient pas encore ainsi pour la simple et bonne raison qu'ils ne possédaient pas encore leurs ailes splendides. C'était juste une petite communauté d'elfes argentés qui s'était exilée dans la cordillère de Glace. Un jour, une petite troupe partie en exploration en direction du grand Nord découvrit une prodigieuse forteresse de cristal perchée au sommet d'un piton rocheux. Émerveillés par cette cité qu'ils croyaient abandonnée, les elfes décidèrent de s'y installer. Ils vécurent alors du commerce, descendant régulièrement dans la vallée troquer leurs pains de glace et leurs diamants contre des denrées alimentaires. Mais c'était sans compter les dragons.

Hérildur s'arrêta quelques secondes pour tousser bruyamment.

— Le nid des Cimes était la citadelle sacrée des dragons ! À leur réveil – car ces créatures ne se réveillent qu'une fois tous les cent ans pour se reproduire –, leur colère fut terrible. Ils se ruèrent sur les usurpateurs, qu'ils massacrèrent sans pitié. Les pouvoirs magiques des elfes étaient bien ridicules face à la puissance destructrice des dragons. Pourtant, l'un d'eux s'éleva contre ce carnage. Un seul d'entre eux prit la défense des elfes. Je te laisse deviner son nom…

— Cornedrouille ! s'exclama Luna, qui venait de comprendre. Ne me dis pas que c'était…

— Abzagal ! Parfaitement ! révéla Hérildur en souriant. Trouvant ce combat totalement inique, il fit quelque chose qui déplut fortement aux siens. Il offrit aux elfes survivants une magnifique paire d'ailes aux plumes aussi soyeuses que résistantes pour se battre à armes égales, ou presque, avec les dragons. Ainsi naquirent les avariels.

— Ça, alors ! s'enthousiasma Luna, qui n'en croyait pas ses oreilles. Ensuite, que s'est-il passé ? Qui a gagné, finalement ?

— Outrés par la trahison d'un des leurs, les dragons se dressèrent contre Abzagal et lui infligèrent mille tourments avant de l'achever. Après quoi, le temps de l'hibernation arriva et ils furent contraints d'abandonner la citadelle aux mains des avariels. Ils s'en retournèrent dans leur repaire secret dont nul ne connaît l'emplacement.

— Comment se fait-il qu'Abzagal soit devenu un dieu ?

— En fait, les avariels ne célébrèrent pas leur victoire. La mort de leur allié providentiel les plongea dans un profond désespoir. Ils se contentèrent de baptiser leur nouvelle cité

Nydessim et d'y ériger une statue de glace en l'honneur de leur sauveur. Jour après jour, les avariels lui rendirent grâce avec une ferveur chaque fois renouvelée. Au fil des ans, puis des décennies, leur reconnaissance éperdue se mua en une admiration sans borne, et enfin en dévouement quasi extatique. Les avariels lui adressaient de ferventes prières et d'émouvantes oraisons. Partout, des chapelles à la gloire du sauveur fleurirent dans la citadelle de cristal. Abzagal devint leur dieu unique et tout-puissant. Sans le savoir, en effet, les avariels venaient de se trouver un défenseur encore plus redoutable que le dragon mortel qui avait eu pitié d'eux.

— Comment ça ? s'enquit Luna, captivée par le récit de son grand-père.

— Cent ans après la mort d'Abzagal, les dragons sortirent à nouveau de leur long sommeil. Leur colère, loin de s'être apaisée, s'était muée en fureur dévastatrice. Toutefois, le dieu dragon que chaque prière rendait encore plus fort protégeait Nydessim. La tentative des dragons se solda par un cuisant échec. Nombre de femelles périrent sous les flèches empoisonnées des avariels. Les dragons battirent en retraite une fois de plus.

Hérildur marqua une courte pause avant de continuer.

— Depuis ce jour, on n'a plus jamais eu de nouvelles des elfes ailés. Seules des rumeurs et des spéculations incertaines circulent à leur sujet. Certains racontent que grâce à leur ruse et à leur intelligence les dragons ont fini par décimer les avariels et récupérer leur nid des Cimes. D'autres au contraire affirment que toutes les femelles dragons ont disparu et que cette noble race est sur le point de s'éteindre. Nul ne sait vraiment ce qu'il en est, car personne n'a vu de dragon ni d'avariel depuis des milliers d'années. Pas plus que de forteresse de cristal trônant au sommet d'un piton rocheux. D'où l'idée que tout cela ne serait qu'une simple légende…

— Nom d'un chêne tordu, les avariels existent, puisque j'ai rencontré leur dieu ! se révolta Luna. Je peux même te dire que les choses vont très mal pour eux. Leur impératrice a été assassinée et… ils ont besoin de mon aide !

— Hein ? suffoqua Hérildur en attrapant le bras de Luna. Peux-tu tout reprendre depuis le début, et dans l'ordre, s'il te plaît ?

Luna raconta alors son expédition nocturne, sans omettre aucun détail. Elle termina en révélant la mission de la dernière chance que lui avait confiée le dieu déchu.

Le vieux souverain ne souriait plus. Il se leva brusquement et fit les cent pas devant les yeux perplexes de Luna. Son visage fermé indiquait l'extrême tension qui l'habitait. Une fine veine battait nerveusement sur sa tempe droite. Il s'arrêta, secoué par une violente quinte de toux, et se planta devant sa petite-fille. Il lui saisit les épaules.

— Qu'as-tu répondu à Abzagal ? demanda-t-il avec un sérieux qui ébranla l'adolescente.

— Eh bien, au début, j'étais vraiment en colère contre lui, car il n'avait pas voulu m'aider à…

Luna s'arrêta à temps et se mordit la lèvre inférieure. Hérildur ignorait l'existence de Sylnor et le moment était franchement mal choisi pour lui en parler. D'ailleurs, ce n'était pas à Luna qu'il appartenait de lui révéler ce terrible secret, mais à Ambrethil. L'adolescente se rattrapa habilement :

— … à lutter contre Lloth. Mais Abzagal avait l'air tellement désespéré, tellement sincère et inquiet pour son peuple qu'ensuite je ne savais plus du tout quoi faire. Je lui ai dit que je verrais.

— Combien de temps lui ont laissé les anges ? fit Hérildur, pensif.

— Heu… trois heures, je crois.

— Hum ! Cela te laisse jusqu'à cette nuit, Sylnodel.

— Pour quoi faire ? s'étrangla l'adolescente.

— Pour rejoindre Nydessim et voler au secours des avariels, pardi !

4

Dans sa riche demeure creusée au cœur de la roche noire de Rhasgarrok, Isadora se morfondait. La grosse matrone faisait les cent pas et usait le beau tapis de soie qui ornait le salon en ruminant sa rancœur.

Cela ferait bientôt six mois que matrone Zesstra avait quitté ce monde. Six mois que la ville était en deuil !

C'était sa fille aînée, Zélathory Vo'Arden qui avait officiellement annoncé le décès de la grande prêtresse de Lloth. La vieille matriarche avait succombé à une pneumonie foudroyante. Elle était partie en une nuit, avait été embaumée dès le lendemain matin et son sarcophage rutilant avait été exposé pendant trois jours dans une pyramide de verre où chaque drow avait été prié de venir lui rendre un dernier hommage. En fait, la foule ne s'était pas pressée autour de sa dépouille.

Puis Zélathory avait pris les choses en main. Elle avait commencé par faire exécuter publiquement tous ses frères et sœurs, à commencer par le jeune prince Fritzz qu'elle avait toujours détesté, se proclamant ainsi l'unique descendante de l'aimée de Lloth. Elle avait aussi fait supprimer certains membres des grandes maisons de Rhasgarrok, comme l'invocateur de sa mère, Truylgor Mac'Kaloug. Beaucoup de nobles l'avaient accompagné au royaume des morts, notamment les plus influents, les plus dissidents, c'est-à-dire les plus menaçants. Toute tentative de rébellion avait ainsi été tuée dans l'œuf.

Sa façon de faire n'avait toutefois choqué personne. Les drows ne se formalisaient guère de si peu. Ce genre de crime était monnaie courante dans la cité des profondeurs et matrone Zesstra, en son temps, avait fait bien pire.

Toute la ville s'était donc attendue à l'intronisation rapide de Zélathory. Pourtant, les jours avaient passé sans qu'aucune annonce du couronnement ne soit faite. Officiellement, tant que la ville était en deuil, la nomination de la grande prêtresse devait attendre. Le problème, c'était que personne ne savait quand s'achèverait le deuil de matrone Zesstra.

Certaines mauvaises langues avaient fini par laisser entendre que Zélathory, contrairement à sa défunte mère, ne bénéficiait pas des faveurs de la déesse, qu'elle n'était qu'une usurpatrice et que Lloth en personne refusait de l'introniser. Quelques audacieux avaient même osé se révolter en dénonçant l'imposture. Personne ne les avait jamais revus…

Pour prévenir toute nouvelle tentative de rébellion, Zélathory avait imposé cinq mois auparavant un couvre-feu draconien qui n'autorisait que deux heures de sortie dans la journée, une à midi, l'autre à minuit. Pas une minute de plus. Pour faire respecter ce nouveau décret, de redoutables patrouilles de guerrières aussi intransigeantes que malfaisantes rôdaient inlassablement, punissant de mort le moindre manquement à la règle. Quiconque s'aventurait dans les rues de Rhasgarrok en dehors des heures légales s'exposait à mourir dans d'atroces souffrances, peu importaient sa race, son âge ou sa condition sociale.

Rhasgarrok avait fermé ses portes. Les rideaux de fer des échoppes ne s'étaient pas levés depuis longtemps. Le commerce d'esclaves avait cessé. Les combats avaient été interdits.

Évidemment, comme les drows n'étaient pas de nature à se soumettre aussi facilement, les marchés noirs et les activités clandestines fleurissaient un peu partout. On redécouvrait d'anciens passages secrets, oubliés depuis longtemps, permettant des échanges d'informations, de denrées et même quelques combats de gladiateurs. Mais les risques encourus étaient suffisamment dissuasifs pour que la majorité des drows se contentent finalement d'attendre l'intronisation officielle de Zélathory, en se disant que la situation reviendrait alors à la normale. La première prêtresse allait bien finir par réagir un jour ou l'autre. Elle ne pouvait pas laisser l'économie de sa cité péricliter indéfiniment.

Isadora faisait partie de ceux qui attendaient. Néanmoins, cet immobilisme lui donnait des crises d'urticaire de plus en plus violentes. Ses finances dépérissaient. Il faut dire que la matrone dépensait des sommes astronomiques pour entretenir ses fils et ses domestiques, alors que pas une seule pièce d'or ne venait renflouer ses caisses.

Il y avait six mois qu'Halfar, son jeune protégé, ne lui avait rien rapporté. Et pour cause : toutes les arènes de Rhasgarrok avaient mis la clé sous la porte. Sauf les clandestines, bien sûr, mais Isadora refusait d'y risquer la vie de son poulain.

En fait, elle avait tout de suite deviné que ce jeune garçon était prometteur. Au bout de trois semaines d'entraînement, elle l'avait amené à son premier duel. Halfar ne l'avait pas déçue en sortant deuxième du combat de championnat qui l'opposait au caïd local. Très encourageant, même financièrement.

Sauf que depuis six mois les choses stagnaient. Enfin, pas complètement, car, à force d'exercices et de musculation intensive, Halfar était devenu un véritable athlète. Parallèlement, des séances d'hypnose quotidiennes lui avaient permis de se forger un mental d'acier. Parti de rien ou presque, l'adolescent était désormais un duelliste hors pair. Sa musculature s'était développée, sa technique s'était renforcée, ses stratégies s'étaient affinées. Il maniait le sabre avec une dextérité incroyable, anticipant les coups de ses adversaires pour les parer avec une efficacité redoutable. La vitesse d'exécution de ses bottes et autres coups fourrés prenait au dépourvu ses deux précepteurs, les fils d'Isadora, qui possédaient pourtant un excellent niveau.

La matrone avait investi beaucoup dans ce garçon qu'elle considérait maintenant comme un de ses fils. Elle savait que tôt ou tard il ferait sa fortune. Elle devait simplement faire preuve de patience et se serrer la ceinture…

Bientôt, Halfar retournerait se battre et les affaires reprendraient.

Très loin de là, au royaume des dieux, dans sa petite bulle irisée qui flottait au gré des courants aériens, la déesse araignée bouillonnait de rage. Elle venait d'apprendre que son rival, Abzagal, avait obtenu des anges une faveur incommensurable : le droit d'entrer en contact avec un mortel !

Lloth n'avait jamais beaucoup apprécié ce dieu dragon, imbu de lui-même et prétentieux, qui se vantait sans cesse d'être l'unique divinité adorée par les avariels. La déesse avait voulu lui rabaisser le caquet en lui dérobant sa pierre de vie, mais, hélas, les choses avaient mal tourné. Depuis, Lloth le haïssait du plus profond de son âme.

À cause d'Abzagal, la déesse araignée avait été privée de sa pierre de vie et de sa tour. À cause de lui, tout contact avec les drows lui était désormais interdit. C'était la première fois que Lloth subissait un tel outrage. Elle savait que le temps de la vengeance viendrait un jour, mais c'était maintenant que les drows avaient besoin d'elle !

Zélathory avait assassiné sa mère pour prendre sa place, mais il lui fallait entrer en contact avec la déesse pour acquérir son pouvoir et devenir la grande prêtresse des elfes noirs. Seule dans sa chapelle privée, elle devait se désespérer du mutisme involontaire de Lloth.

À cette pensée, la déesse sentit tous ses muscles se crisper.

— Eh bien, puisque les anges ont autorisé le dragon à déroger à la règle, il n'y a aucune raison qu'ils me refusent ce privilège. Moi aussi je vais exiger un contact avec un mortel, et tant pis si ce n'est pas un drow. Le monastère grouille de créatures inférieures qui feront parfaitement l'affaire. Pourvu que je ne prenne pas le premier imbécile venu, n'importe quel serviteur gobelin conviendra ! Ah… Ne désespère pas, Zélathory, le signal que tu attends ne saurait tarder. Tiens-toi prête ! Le moment venu, il ne faudra pas me décevoir !

5

Après son entretien avec son grand-père, Luna n'avait pas perdu une seconde. Elle avait moins d'une journée pour se préparer à rejoindre Nydessim.

Il avait d'abord fallu prévenir Ambrethil. Après d'âpres négociations, Hérildur avait fini par la convaincre de laisser partir sa fille à l'autre bout des terres du Nord. Elle n'avait accepté qu'à la condition que Luna lui jurât de ne prendre aucun risque inutile.

Le roi avait ensuite donné à l'adolescente quelques conseils judicieux pour mener à bien sa mission. Rétablir le culte d'Abzagal ne serait certainement pas chose aisée. Retrouver l'assassin de l'impératrice non plus. Quant à éviter qu'une guerre civile décime les avariels, cela relevait carrément du miracle. Pourtant, Luna devrait essayer.

La jeune elfe avait tenu à passer quelque temps en compagnie de Kendhal, tout de même venu d'Aman'Thyr spécialement pour elle. Lorsqu'elle lui avait confié à quelle périlleuse mission elle s'était engagée, son ami l'avait immédiatement suppliée de l'autoriser à l'accompagner. Luna aurait bien aimé pouvoir compter sur sa présence, mais c'était impossible : jamais les anges n'accepteraient. Dépité mais compréhensif, Kendhal avait promis à l'adolescente d'attendre son retour et de passer du temps avec Elbion en son absence. Il l'avait alors tendrement serrée contre lui.

C'était la première fois que Kendhal prenait ainsi Luna dans ses bras. Jamais la jeune fille ne l'avait senti aussi près, aussi protecteur et rassurant. Elle avait fermé les yeux et senti son souffle tiède sur sa nuque. L'espace d'une seconde, un frisson de plaisir l'avait parcourue. La seconde d'après, leur étreinte fugace n'était déjà plus qu'un souvenir…

La nuit venait de tomber et Luna, étendue sur son lit, essayait de chasser le beau visage de Kendhal de son esprit. Elle devait se concentrer sur Abzagal, si elle souhaitait que les anges viennent la chercher.

Cette fois, l'adolescente avait tout prévu. Elle avait troqué sa chemise de nuit légère contre une cotte de mailles en mithril sur laquelle elle avait enfilé un surcot de soie bleu ciel damassé. Elle avait glissé ses pieds dans des bottes fourrées. Il risquait de faire très froid à Nydessim.

Pour le moment, elle étouffait dans cette tenue inappropriée et cherchait désespérément le sommeil. L'appréhension, l'angoisse et la peur d'échouer dans sa mission l'empêchaient de fermer l'œil. Elle savait que le temps lui était compté, mais, plus elle s'exhortait à dormir, moins elle y parvenait. Dans une heure ou deux, il serait trop tard. Abzagal et les avariels seraient perdus...

Luna se redressa lentement et avisa le verre sur sa table de chevet. Il était rempli d'un liquide ambré, un somnifère qu'Hérildur avait eu l'idée de lui donner. L'adolescente tendit la main, hésita et avala d'un trait l'amer breuvage. Elle s'étendit à nouveau et s'obligea à fermer les yeux, appelant Abzagal du plus profond de son esprit.

Mais rien ne se produisit. Ni apparition divine, ni voyage en sphère, ni ballet scintillant de lucioles argentées.

Lorsque Luna se réveilla, elle comprit qu'elle avait échoué et son cœur se serra. Elle avait trop attendu. Le délai accordé par les anges était écoulé. Elle songea immédiatement à la déception d'Hérildur, au soulagement de sa mère et à la détresse d'Abzagal.

Des larmes amères glissaient déjà sur ses joues quand un détail insolite l'interpella. Luna écarquilla les yeux et s'immobilisa, comprenant son erreur.

Sa chambre douillette avait disparu, mais le décor qui l'entourait n'était pas non plus celui du palais en ruines d'Abzagal. Allongée sur un vieux tapis élimé, Luna trônait au milieu d'un temple plongé dans la pénombre. L'adolescente sentit son cœur s'affoler : cet endroit lui rappelait le monastère de Lloth ou bien, non… on aurait plutôt dit la chapelle d'Eilistraée. Luna s'interdit de se laisser gagner par la panique ; il était beaucoup plus probable qu'elle se trouvât quelque part au royaume des dieux, ou même dans la citadelle des avariels, qu'au fin fond de Rhasgarrok.

Glissant ses doigts sous sa cotte de mailles, Luna toucha le précieux talisman qu'Eilistraée lui avait offert et se redressa sur son séant pour observer la pièce. Lorsqu'elle découvrit dans son dos les énormes griffes qui la touchaient presque, un cri d'effroi s'échappa de ses lèvres. Toute tremblante, elle leva lentement la tête.

Du haut de ses quatre mètres de hauteur, Abzagal la toisait, immobile et sévère, ses larges ailes déployées, la gueule ouverte presque menaçante. Le dragon de glace était terrifiant, mais majestueux comme au temps de sa splendeur passée…

Ébranlée, Luna fut prise d'un doute.

Sans quitter le dieu des yeux, elle approcha sa main de l'impressionnante griffe qui la frôlait. Le contact dur et froid confirma son pressentiment. Il ne s'agissait pas du vrai Abzagal mais bien d'une statue de cristal, criante de vérité.

Sans un bruit, l'adolescente se leva et entreprit de faire le tour de la monumentale œuvre d'art. L'artiste qui l'avait créée était fort talentueux, car aucun détail n'avait été omis. L'illusion était parfaite.

Luna était tellement subjuguée qu'elle faillit percuter une jeune fille qu'elle n'avait pas vue arriver, une pioche dans les mains. Le teint pâle, les yeux aussi dorés que ses cheveux, elle était ravissante malgré la peur et l'incompréhension qui se lisaient sur son visage.

— Qui es-tu ? bredouilla l'inconnue en dévisageant Luna. Et que fais-tu ici ? La chapelle privée de notre divine impératrice est un sanctuaire sacré et…

— Vous êtes une avarielle ? s'étonna Luna, parvenant difficilement à cacher son trouble.

— Évidemment ! Tous les habitants de Nydessim sont des avariels…

Elle se pencha sur le côté pour tenter d'apercevoir les ailes de sa jeune interlocutrice.

— Pourquoi ? Pas toi ?

« Cornedrouille ! pensa Luna en déglutissant, le cœur battant, le moment de vérité est arrivé… »

Luna prit une grande inspiration et confessa :

— Je ne suis pas une avarielle, mais une elfe de lune. Je m'appelle Luna et c'est Abzagal qui m'a envoyée ici.

La jeune fille ouvrit des yeux ronds et recula de trois pas, encore plus effrayée qu'elle ne l'était déjà. Elle serrait de toutes ses forces le manche de sa pioche.

— N'ayez crainte, s'empressa de la rassurer Luna. Je ne vous veux aucun mal, mais votre dieu est terriblement inquiet pour vous. Aussi m'a-t-il chargée de vous venir en aide.

À ces mots, les jolis traits de l'avarielle se durcirent.

— Inquiet ? Peuh ! S'il se souciait vraiment de nous, Abzagal n'aurait pas laissé notre souveraine périr, il n'aurait pas accepté non plus que notre cité sombre dans le chaos. S'il nous aimait vraiment, notre dieu ne nous aurait pas abandonnés !

Sa colère n'était pas feinte.

— Oh, ce n'est pas ce que vous pensez, déplora Luna en secouant la tête. Abzagal est au courant de la situation et il en souffre atrocement, croyez-moi. Mais les anges l'ont puni et depuis il lui est formellement interdit d'entrer en contact avec les avariels.

— Les anges ? Puni ? répéta la jeune fille en plissant le front.

— Oui, c'est un peu compliqué, mais disons qu'Abzagal a enfreint certaines règles du royaume des dieux et qu'il a été sanctionné. Tout contact avec son peuple lui est désormais refusé. Dans seize jours, Abzagal récupérera sa pierre de vie et sa sphère pour communiquer avec vous, mais…

— Seize jours ? croassa l'avarielle, soudain livide.

— Oui, cela semble peu, mais il craint que les choses ne dégénèrent d'ici là… Abzagal veut que je vous aide !

L'expression de la vestale s'adoucit. Elle posa sa pioche en soupirant.

— Si je comprends bien, Abzagal ne nous a pas laissés tomber. Il semblerait même qu'il ait répondu à mes suppliques désespérées… Pourtant, sans vouloir t'offenser, quelle aide peux-tu nous apporter ? Tu es à peine sortie de l'enfance, et tu es une elfe de lune de surcroît. Tu ne connais rien à nos us et coutumes, ni aux drames qui ont récemment ravagé notre cité.

Elle semblait sincèrement déçue mais Luna s'était préparée à faire face à ce genre de protestations.

— Je suis jeune, certes, mais je ne suis plus une gamine. J'ai surmonté des épreuves auxquelles très peu d'adultes peuvent se vanter d'avoir été soumis. J'ai survécu à l'enfer de Rhasgarrok, j'ai échappé aux griffes de matrone Zesstra et j'ai même affronté la déesse Lloth en personne. Si Abzagal me juge digne de vous aider, vous aussi, peuple des avariels, devriez avoir confiance en moi.

Une moue sceptique déforma la bouche de son interlocutrice.

— Comprends-moi, Luna, je ne mets pas ta parole en doute, mais j'ignore totalement qui sont les personnes dont tu viens de parler. Je n'ai jamais entendu parler de Rhasgarrok, de Zesstra ni de cette déesse. Hélas, si tu as raison en ce qui concerne la confiance que nous devrions accorder à notre dieu unique, sache que je suis sûrement la seule dans cette citadelle à croire encore en lui…

— Nous sommes donc deux ! déclara fièrement Luna. Maintenant, dites-moi comment vous vous appelez et racontez-moi tout depuis le début.

L'avarielle hocha la tête et l'invita à s'asseoir sur le tapis au pied de la statue.

— Je me nomme Nélyss et je faisais partie du clergé d'Abzagal avant qu'il ne soit complètement dissous, il y un mois de cela. J'étais une de ses vestales. J'étais également la première dame de compagnie de notre bien-aimée Arielle avant qu'elle ne soit... assassinée.

Sa voix se brisa. Les yeux remplis de larmes, la jeune femme poursuivit néanmoins :

— En fait, tout a commencé il y a six mois environ. Du jour au lendemain, Abzagal a rompu tout contact mental avec notre souveraine. Il faut que tu saches que notre impératrice était également la vestale supérieure d'Abzagal. En d'autres termes, son interlocutrice privilégiée.

Luna acquiesça.

— Tous les avariels vénéraient et respectaient Arielle, poursuivit Nélyss. En tempérant les ardeurs martiales des guerriers, elle était la garante de la paix.

— Comment cela ?

— Eh bien, les avariels sont divisés en deux castes. Celle des penseurs, qui prônent les arts et la magie, dirigés par Arielle, l'impératrice des airs. Et celle des guerriers, qui préfèrent la force et l'action, commandés par Avalior, l'empereur du vent. Depuis une époque reculée, au fil des dynasties qui se sont succédé, le couple impérial a toujours dirigé notre société avec intelligence et diplomatie, de manière à préserver la paix et l'harmonie.

— Et maintenant que votre impératrice n'est plus, la paix se trouve menacée ?

— Exactement, s'attrista Nélyss. Lorsque Abzagal a cessé de communiquer avec Arielle, la situation s'est mise à se détériorer. Les premiers jours, notre souveraine n'a rien dit et a caché son trouble et son désarroi du mieux qu'elle pouvait. Mais comme j'étais très proche d'elle, je n'étais pas dupe. Elle m'a bientôt confié ses inquiétudes et ses doutes. Dans toute l'histoire des avariels, jamais le parchemin d'or n'était resté muet, jamais notre dieu protecteur ne nous avait boudés de la sorte.

— Le parchemin d'or ? s'enquit Luna, qui se souvenait d'avoir entendu Abzagal en parler.

— Oui, c'est la relique sacrée que nous a confiée Abzagal. Elle lui permet de communiquer avec l'impératrice. Je disais donc que, face au mutisme d'Abzagal, Arielle a fini par mettre Avalior au courant. La nouvelle s'est alors propagée comme une traînée de poudre et a bouleversé toute la population. Perdre l'appui et la protection du dieu dragon était ce qui pouvait nous arriver de pire. Malgré tout, au lieu de redoubler de ferveur en priant Abzagal avec une ardeur capable de le faire revenir, les avariels ont cessé de croire en lui et les choses sont allées très vite… En cinq mois, le nombre de fidèles a été divisé par cent !

— Les penseurs aussi ont abandonné Abzagal ? s'étonna Luna.

— Sous la pression des guerriers, ils ont fini par plier, oui. À tel point qu'Avalior a dissous le clergé et décrété le culte d'Abzagal illégal.

— Il a osé faire ça ? s'indigna l'elfe de lune. Comment a réagi son épouse ?

Nélyss haussa les épaules, fataliste.

— En fait, Avalior est depuis longtemps sous la coupe de son premier ministre, Rhazal. Je soupçonne cet être d'avoir très fortement influencé la décision de l'empereur. La pauvre Arielle, aussi désemparée fût-elle, n'a pourtant pas protesté, sans doute pour ne pas provoquer de conflits inutiles. Notre souveraine m'avait confié ses craintes de voir son peuple se déchirer, à partir du moment où Abzagal refusait d'entrer en contact avec elle. Elle a donc cautionné la décision de son époux, enfin, officiellement…

— En secret, elle avait toujours espoir de voir revenir Abzagal, n'est-ce pas ?

Nélyss ne cacha pas sa surprise.

— Parfaitement, tu as tout compris, Luna ! Tous les temples et sanctuaires de la citadelle avaient beau être cadenassés, les autels privés démontés, les statues détruites, personne ne pouvait empêcher Arielle de prier dans le secret de sa chapelle privée, pour supplier le dieu dragon de lui parler à nouveau.

— Hélas, il ne pouvait pas l'entendre… se lamenta Luna.

— Chaque jour, inlassablement, notre souveraine consultait le parchemin d'or, persuadée que tout n'était pas encore perdu. Mais les choses sont allées de mal en pis. Avalior a fait emprisonner les penseurs rebelles qui refusaient de se plier à la loi, alors que Rhazal faisait courir le bruit que, si Abzagal nous avait abandonnés, c'était à cause de ces penseurs qui n'avaient pas su l'écouter ni accomplir ses volontés. Il a insisté auprès de l'empereur pour faire exécuter les prisonniers, prétextant les offrir au dieu en sacrifice afin de réparer l'affront des penseurs. Arielle, horrifiée, a immédiatement fait pression sur son époux pour empêcher le massacre. Vexé par cette rebuffade, Rhazal ne s'est pas arrêté là.

Comme Nélyss marquait une pause, Luna insista.

— Qu'a-t-il fait ?

— Puisque Nydessim n'était plus sous la protection d'Abzagal, cela signifiait qu'au prochain réveil des dragons, qui aura lieu dans quelques mois seulement, les avariels n'auraient aucune chance de survivre à leurs attaques répétées et seraient exterminés jusqu'au dernier. Tu es au courant de la farouche haine qui nous oppose aux dragons ?

Luna hocha la tête.

— Pour éviter la catastrophe, l'idée de Rhazal était de partir à la recherche du veilleur, le seul dragon chargé de monter la garde et de réveiller ses congénères en hibernation en cas de danger. Il projetait de le tuer !

— Si le veilleur meurt, les dragons ne se réveilleront jamais ? voulut savoir Luna.

— En effet, approuva Nélyss... Cela pouvait sembler une sage décision, mais l'impératrice s'est opposée une nouvelle fois à Rhazal, arguant que nous n'avions pas le droit d'agir ainsi. S'en prendre à un dragon isolé était d'une extrême lâcheté. Les avariels sont fiers et nobles. Si nous nous étions abaissés à choisir la facilité en tuant le veilleur, la honte et la disgrâce auraient entaché l'honneur de notre peuple pour des générations à venir.

— Et que s'est-il passé ensuite ? s'enquit Luna, captivée.

— Avalior a longtemps hésité, tiraillé entre son épouse et son premier ministre. Une réunion de conciliation devait avoir lieu dans la semaine, mais l'assassinat de l'impératrice, survenu il y a trois jours, a bouleversé tous ses projets.

— Comment est-ce arrivé ?

— Ce matin-là, je trouvais que sa majesté tardait à se réveiller, commença Nélyss d'une voix tremblante. D'habitude, Arielle est plutôt matinale. Je suis donc allée dans sa chambre afin de m'assurer qu'elle n'était pas souffrante. Au début, je l'ai crue profondément endormie mais, en touchant son bras froid et raide, j'ai immédiatement compris que quelque chose d'anormal était arrivé. J'ai donc tiré les rideaux et découvert le visage de ma souveraine ravagé par la douleur, figé par le masque de la mort pour l'éternité. Khalill, son médecin personnel, a diagnostiqué plus tard qu'elle avait été empoisonnée. Malgré le chagrin qui me broyait le cœur, j'ai aussitôt volé jusqu'aux appartements de l'empereur lui annoncer la funeste nouvelle.

— Comment Avalior a-t-il réagi ?

— Curieusement, il n'a pas hurlé ni pleuré. Notre souverain est resté droit, impassible, très digne, mais je sais que sa vie s'est arrêtée à la seconde où je lui ai appris le drame. L'inhumation de l'impératrice a eu lieu le jour même, dans la soirée. Depuis, Avalior reste cloîtré dans sa chambre, plongé dans un mutisme profond, refusant toute visite ainsi que toute nourriture.

Comme son interlocutrice s'était tue, Luna réfléchit à ce qu'il convenait de faire.

— Si nous tentions d'aller parler à l'empereur ! suggéra-t-elle finalement. Toutes les deux. Même si sa tristesse est infinie, il ne peut pas refuser de recevoir l'envoyée d'Abzagal. Ne serait-ce que par curiosité… Je lui révélerai le retour imminent du dieu dragon. Cela devrait le soulager, non ?

Nélyss haussa les épaules.

— J'ignore si c'est une bonne idée. Avalior semble avoir oublié jusqu'au nom d'Abzagal et je doute qu'il envisage son retour comme une bonne chose. Je ne sais même pas s'il acceptera de te recevoir. Il s'est muré dans son chagrin et même Rhazal se désespère sur le pas de sa porte. Il tambourine à s'en faire saigner les poings pour lui faire entendre raison. Mais je veux bien t'aider et tenter la démarche avec toi. De toute façon, nous n'avons plus rien à perdre…

6

Nélyss sortit de sa poche une curieuse clé transparente qu'elle fit jouer dans le mécanisme complexe de la serrure. L'unique porte de la chapelle privée de l'impératrice s'ouvrit sans un bruit, déversant un flot de lumière dans l'ombre du temple.

L'avarielle s'écarta pour laisser passer Luna et referma soigneusement la porte derrière elle. Intriguée, Luna observait l'étrange forme de la clé, quand son regard fut soudain attiré par les ailes de Nélyss. Délicatement repliées dans son dos et recouvertes d'un plumage rose pâle, elles touchaient presque le sol. Les plumes semblaient aussi douces et poudrées que celles des cygnes sauvages qui évoluaient sur le lac de Laltharils. Luna ne put retenir un cri d'admiration.

— Oh, tes ailes sont vraiment magnifiques ! s'exclama-t-elle sans se rendre compte qu'elle venait de tutoyer la vestale.

— Ah ? Tu trouves ? se réjouit Nélyss en se retournant pour adresser un petit sourire à sa jeune interlocutrice. C'est gentil, mais si tu avais pu voir celles de notre impératrice, un camaïeu de bleus orné de nacre et frangé d'or, tu aurais trouvé les miennes bien fades en comparaison.

Nélyss s'engagea dans un dédale de couloirs et Luna lui emboîta le pas en silence, admirant le curieux décor qui l'entourait. Les murs étaient bleutés, presque translucides comme de la glace très épaisse, et pourtant il en émanait une douce lumière. Luna caressa la paroi du bout des doigts et s'étonna à peine de la trouver tiède. Cette étrange matière la laissa perplexe, mais ce n'était rien comparé à ce qu'elle ne tarderait pas à découvrir.

Le salon circulaire dans lequel pénétra la vestale était d'une blancheur éclatante. Au sol, un épais tapis, d'une douceur insoupçonnable, donnait envie de s'y allonger, de s'y blottir et de ne plus penser à rien.

— C'est du duvet d'aigle géant, précisa Nélyss, anticipant la question de Luna.

L'adolescente approuva en hochant la tête, séduite, et fit quelques pas en promenant son regard dans la vaste pièce. Soudain, elle percuta un fauteuil qu'elle n'avait pas vu, et pour cause : il était transparent ! En réalité, le salon n'était pas vide comme Luna l'avait cru en entrant. Le mobilier était presque invisible.

— Ici, tout est en cristal, expliqua la vestale en surprenant le regard interrogateur de la visiteuse. L'impératrice prisait ce qu'il y a de plus beau, de plus noble, de plus pur. Elle appréciait particulièrement ce salon. Tiens, viens admirer la vue qu'on a d'ici, tu comprendras mieux.

Ce disant, elle ouvrit la porte-fenêtre. Là, une gigantesque verrière, vitrée du sol au plafond, s'ouvrait sur l'azur du ciel. À perte de vue, les cimes enneigées rivalisaient de beauté et de majesté. Le mot pureté prenait ici tout son sens. Le spectacle était véritablement époustouflant.

Au moment de suivre sa guide, Luna n'en fut pas moins prise d'un vertige. Prostrée sur le seuil de la verrière, elle se sentit incapable de s'aventurer sur le sol translucide qui s'ouvrait devant elle. Sous la vitre, en effet, la paroi vertigineuse de la citadelle tombait à pic dans un précipice ahurissant.

— Cornedrouille, on croirait qu'on va s'écraser en contrebas ! murmura-t-elle, effrayée.

— Tu n'as encore rien vu ! commenta Nélyss en souriant et en ouvrant l'une des larges baies vitrées. Approche !

Une bourrasque d'air glacé s'engouffra immédiatement dans la pièce. Luna se figea autant de froid que de peur.

— Allez, ne crains rien ! l'exhorta l'avarielle en retournant la chercher. Suis-moi ! Je t'assure qu'il n'y a aucun risque. Tu peux me faire confiance !

Nélyss lui attrapa la main. Luna fut tentée de reculer, mais elle imagina la déception de la jeune fille si l'envoyée d'Abzagal abdiquait dès la première difficulté. L'adolescente prit une grande inspiration et posa son pied au-dessus du vide.

Le premier pas fut le plus saisissant ; les suivants lui procurèrent un ravissement intense. Quelle impression sensationnelle de marcher au-dessus des montagnes ! Pour un peu, Luna aurait pu croire qu'elle volait... Mais ce fut lorsqu'elle parvint à la baie vitrée qu'elle fut réellement subjuguée.

Devant ses yeux incrédules, des dizaines d'avariels évoluaient dans le ciel de Nydessim. Avec élégance et légèreté, grâce à leurs précieuses ailes multicolores, ils glissaient sur les courants aériens. Comme des papillons, ils planaient, montaient, descendaient, défiant l'azur avec une grâce et une aisance déconcertantes. Il était difficile d'imaginer que leurs ancêtres avaient un jour été des elfes argentés !

— Allez, à nous deux, maintenant ! s'écria Nélyss

Brusquement, elle saisit Luna sous les bras et la souleva dans les airs après avoir déployé ses ailes. L'adolescente n'eut pas le temps de protester ni d'opposer quelque résistance que ce fût. Son cœur ne fit qu'un bond dans sa poitrine et elle lâcha un cri perçant. Instinctivement, mue par un réflexe de protection involontaire, elle s'agrippa à la robe de Nélyss et ferma les yeux. L'air glacial de la cordillère lui fit d'abord l'effet d'une gifle. Il rougissait ses joues, balayait ses cheveux et la pénétrait tout entière, glaçant ses muscles et son sang.

— Heureusement que tu n'es pas très lourde ! lui cria Nélyss pour couvrir le rugissement du vent. Dans quelques minutes nous serons arrivées. Ça va aller ?

Luna serrait les mâchoires pour s'empêcher de hurler. Elle hocha la tête pour toute réponse. Malgré sa cotte de mailles, son surcot et ses bottes fourrées, le vent glacé la tétanisait. L'impression que ses os allaient congeler et se fendre la faisait de plus en plus souffrir. Au prix d'un effort incroyable, elle essaya d'oublier la douleur pour se concentrer sur les mouvements réguliers des ailes de Nélyss. Elle aurait voulu contempler le paysage, consciente de l'expérience extraordinaire qu'elle était en train de vivre, mais c'était au-dessus de ses forces. Se savoir en plein ciel sans autre protection que les bras de Nélyss autour de sa poitrine la terrifiait.

Le voyage lui sembla durer une éternité. Soudain, le contact du sol sous ses pieds lui offrit un intense soulagement.

— Ouf ! Il était temps… murmura Nélyss, essoufflée.

Luna rouvrit les yeux et constata qu'elles avaient atterri sur un promontoire rocheux. Il s'agissait d'une sorte de terrasse taillée dans le roc au pied d'un immense édifice à l'austère façade. La bise glaciale faisait tournoyer dans l'air de minuscules flocons blancs.

— Voici le palais du vent. Il porte bien son nom, n'est-ce pas ? s'époumona Nélyss pour lutter contre les bourrasques qui faisaient s'envoler ses mots.

Insensible à l'architecture du bâtiment, Luna se précipita sans attendre vers la double porte de la résidence impériale. Elle avait trop froid pour rester une seconde de plus dans cet enfer. Une fois à l'intérieur, à l'abri du vent glacé, elle se planta devant Nélyss pour l'apostropher avec véhémence.

— Pourquoi tu ne m'as pas prévenue que nous allions voler, sacrevert ?

— Tu voulais voir l'empereur, oui ou non ? rétorqua l'avarielle, piquée au vif.

— Je croyais qu'il vivait au même endroit que son épouse ! s'emporta Luna. Tu aurais pu me demander mon avis avant de m'entraîner dans le vide, bigredur ! En plus, j'ai bien cru que j'allais mourir congelée !

Pour toute réponse, Nélyss grommela en haussant les épaules.

— Faut savoir ce que tu veux ! Je croyais bien faire. Il existe un passage intérieur, mais nous aurions mis beaucoup plus de temps et croisé plus de monde. Alors que là… Bon, allez, suffisamment discuté, maintenant que nous sommes là, allons-y !

Sans dire un mot, Luna ravala sa mauvaise humeur et suivit la jeune fille. Ici, les murs gris et froids contrastaient avec la douceur des appartements d'Arielle. Plusieurs soldats avariels en faction, vêtus de cuirasses argentées et armés d'arcs impressionnants, les saluèrent au passage. Malgré les tensions qui opposaient les penseurs aux guerriers, ces derniers paraissaient respecter la jeune vestale. Aucun ne l'arrêta pour lui demander la raison de sa présence en ces lieux. Aucun ne sembla non plus remarquer l'absence d'ailes dans le dos de Luna.

— Ces hommes te connaissent ? s'enquit l'adolescente étonnée.

Nélyss acquiesça.

— Bien sûr ! Jamais l'impératrice ne se déplaçait sans sa cour. En fait, si l'empereur et l'impératrice possédaient chacun leur palais, cela ne les empêchait pas d'être très proches. C'est juste qu'ils ne vivaient pas ensemble… En réalité, je suis venue ici des centaines de fois et, vu les circonstances, je pense que les gardes n'ont pas osé m'interdire l'accès.

— Et moi ? Pourquoi m'ont-ils laissée tranquille ?

— Sans doute parce qu'ils étaient à deux mille lieues de s'imaginer qu'une elfe de lune s'était introduite dans leur citadelle, postula Nélyss en souriant. Ils n'en ont jamais vu de leur vie.

Elle ajouta plus doucement, légèrement honteuse :

— Je suis désolée, Luna, pour tout à l'heure. C'est vrai que j'aurais dû te laisser le choix de l'itinéraire. Pour nous autres, avariels, c'est tellement naturel de voler que je n'ai pas pensé une seule seconde que tu serais effrayée.

— Oh, ce n'est pas ce que tu crois ! s'empressa de la démentir Luna. J'ai vraiment cru que j'allais mourir de froid ! Jamais je n'avais éprouvé une telle sensation auparavant. Comment fais-tu pour supporter ça, toi ? Ta robe a beau être à manches longues, elle semble très légère et tes collants sont si fins…

— Détrompe-toi ! fit Nélyss en secouant vivement la tête. Les vêtements des avariels sont tissés dans un matériau spécial ; en plus, ils sont enchantés, de sorte qu'ils sont totalement hermétiques au froid comme à la chaleur. Ainsi, notre température corporelle reste stable et nous n'éprouvons ni froid ni chaud. Je t'en prêterai, si tu veux.

— Je pense que ça pourrait être utile, en effet, si je dois demeurer quelque temps avec vous !

— Certainement. Vêtue de façon plus appropriée, tu apprécieras davantage les promenades aériennes, ajouta Nélyss en lui adressant un clin d'œil. C'est vraiment très pratique... Tiens, nous arrivons. Mais que se...

La jeune femme s'immobilisa.

À une vingtaine de mètres d'elle, face à une grande arche richement sculptée, un avariel en armure invectivait bruyamment un groupe de soldats.

— Qui est-ce ? chuchota Luna dans son dos.

— C'est Rhazal... et il a l'air furieux ! souffla Nélyss, livide.

7

Sentant sa monture fourbue après des heures de galop, Darkhan lui intima l'ordre de poursuivre au pas. Le crépuscule venait de recouvrir la plaine de son voile sombre et les premières lueurs de Dernière Chance n'allaient pas tarder à scintiller dans le lointain. Le guerrier aurait dû se réjouir d'arriver enfin, mais son visage fermé trahissait sa contrariété.

Depuis son départ de Laltharils, Darkhan était d'une humeur massacrante.

D'abord, d'avoir été contraint de faire un grand détour l'avait fort agacé. Tout cela pour éviter les tours de vigie ! Ces édifices bâtis par les humains étaient en effet programmés pour refouler de façon radicale toute tentative d'invasion drow. Les yeux magiques mis au point par des magiciens de génie détectaient et foudroyaient sur-le-champ tout elfe noir qui se serait aventuré dans un rayon d'une quarantaine de kilomètres. Même s'ils manquaient parfois de précision, ces détecteurs s'avéraient redoutablement efficaces ! Comme il n'était pas question de désobéir à Hérildur et encore moins de faire courir des risques à Assyléa, Darkhan avait été obligé de partir par le nord-est, là où les contreforts des montagnes Rousses étaient les plus escarpés. Finalement, il avait mis deux fois plus de temps que prévu pour atteindre le village gobelin.

Maïs l'irritation de Darkhan n'était pas seulement imputable à ce fâcheux contre-temps. En fait, plus le guerrier approchait de sa destination finale, plus il en voulait à son grand-père d'avoir exigé qu'Assyléa l'accompagne à Rhasgarrok. C'était une idée complètement absurde. Dire que Luna avait insisté !

Darkhan connaissait mieux que quiconque les pièges sournois que recelait la cité souterraine. Sa première visite là-bas avait d'ailleurs bien failli lui coûter la vie. Le sang-mêlé demeurait persuadé que la place de la jeune drow n'était pas à ses côtés. La mission qui l'attendait s'avérerait sans nul doute très périlleuse. Dans les coupe-gorge de la ville maudite, Darkhan aurait déjà bien du mal à garder la vie sauve sans avoir à surveiller constamment sa compagne de route. Assyléa risquait d'être un boulet bien davantage qu'une aide !

Ce n'était pas qu'il n'appréciât pas la jeune fille, au contraire. Assyléa était de commerce facile. Elle était conciliante et discrète. Comment ne pas l'apprécier ? Par ailleurs elle ne se plaignait jamais. Elle s'adaptait aux ronchonnements de son compagnon avec une bonne humeur déconcertante. Lorsqu'il partait chasser, elle prenait l'initiative d'aller chercher du bois pour préparer un feu et dénichait toujours quelque herbe aromatique pour assaisonner le gibier qu'il débusquait. De même, contrairement à ce qu'avait d'abord cru Darkhan, Assyléa ne mettait pas trois heures à se préparer le matin. Elle avait troqué ses longues robes en soie contre des braies et une chemise. Elle avait également abandonné les coiffures compliquées qu'elle arborait à Laltharils pour les remplacer par une simple queue de cheval. Elle se contentait de repousser ses mèches folles au lieu de s'arrêter pour se recoiffer toutes les cinq minutes.

Enfin elle était tellement belle… Darkhan jeta un regard furtif derrière lui. Oui ! Le guerrier avait beau essayer de le nier, Assyléa était vraiment très attirante…

Avec ses longs cheveux d'ébène qui balayaient son visage délicat, sa peau anthracite soyeuse et veloutée, sa taille fine et gracieuse, Assyléa avait la beauté envoûtante de sa sœur, la défunte Oloraé. Lorsque Darkhan l'avait vue pour la première fois dans les geôles du monastère de matrone Zesstra, il avait eu un moment de confusion. Heureusement, la ressemblance n'était que physique. Contrairement à son aînée, Assyléa irradiait une incroyable douceur. Pour une drow, elle était d'une gentillesse et d'un altruisme étonnants.

Darkhan n'avait pas eu beaucoup de temps pour lier connaissance avec la jeune fille. À peine rentré de Rhasgarrok, il était reparti à Aman'Thyr avec Kendhal. Pourtant, d'après ce qu'on lui avait raconté, Assyléa s'était très bien intégrée à la communauté des elfes argentés, elle était même devenue la meilleure amie de Luna.

« Raison de plus pour rester là-bas ! enragea le guerrier, la mâchoire crispée. Rhasgarrok est tellement imprévisible. Le danger peut surgir à n'importe quel moment. Assyléa n'est qu'une novice, elle ne sait pas se battre. Par Eilistraée, s'il lui arrive quoi que ce soit, je m'en voudrai toute ma… »

— Darkhan ? l'interrompit soudain Assyléa en amenant sa monture à la hauteur de son étalon. Je ne vois aucune lumière, mais je distingue très nettement un grand bâtiment à environ deux kilomètres. Tu le vois ? On dirait un fort.

— Un fort ? répéta le guerrier, en fronçant les sourcils. Impossible ! Dernière Chance n'est qu'un hameau minable. Une rue principale, cinq ou six masures branlantes de chaque côté et une auberge sordide tenue par un dénommé Guizmo. Un vrai arnaqueur, celui-là, soit dit en passant.

— Pourtant, je te jure que je vois des murailles assez hautes et même une tour. Un donjon, peut-être…

Darkhan plissa les yeux pour tenter d'apercevoir l'étrange construction décrite par sa compagne, mais apparemment ses yeux de sang-mêlé n'étaient pas aussi puissants que ceux de la drow.

— C'est étrange, murmura-t-il, pensif. À ma connaissance, aucune fortification n'a jamais été édifiée dans cette plaine désertique. Il n'y a que Dernière Chance et sa poignée de gobelins dégénérés, par ici. Tu aperçois autre chose ?

— Pas pour le moment. Est-ce qu'on prend le risque de continuer dans cette direction ou on oblique vers le nord avant d'être repérés ?

Darkhan hésita une fraction de seconde.

— Les chevaux sont épuisés. Il faut qu'ils se reposent, qu'ils boivent et qu'ils mangent. En outre, l'aura maléfique de Rhasgarrok est telle que nos montures refuseront de nous emmener jusque-là. Aucun animal ne s'aventure jamais à moins de vingt kilomètres du Rhas. Nous n'avons pas d'autre choix que de les laisser à Dernière Chance.

N'osant rien ajouter de plus, la jeune fille acquiesça en silence.

À mesure qu'ils progressaient, Darkhan finit par distinguer à son tour une sorte de fortin. Les remparts semblaient assez rudimentaires, mais suffisamment hauts pour ne laisser aucun doute quant à la vocation militaire du bâtiment.

— J'espère que les drows n'ont pas rasé le village pour en faire un bastion prêt à tailler en pièces les premiers visiteurs venus !

— C'est peu probable, le rassura Assyléa en chuchotant. Je vois la silhouette d'un soldat au sommet de la tour et ce n'est pas un drow. Or, si cette place forte était aux mains des elfes noirs, je peux t'assurer qu'ils ne feraient pas confiance aux gobelins pour monter la garde !

— Tu as raison, avoua le guerrier. N'empêche que cela m'intrigue! Allons voir ça de plus près !

Il frappa les flancs de son étalon, qui partit aussitôt au galop. Après quelques minutes de course seulement, les deux cavaliers arrivèrent au pied de la forteresse gobeline. D'épais troncs d'arbres taillés en pointe et disposés debout les uns à côté des autres faisaient office de murailles. Une grosse tour de guet permettait à un gobelin au casque rutilant sous la lune de surveiller les alentours.

— Halte ! Qui va là ? cria le garde en pointant une lance dans la direction des intrus.

Darkhan, incrédule, leva les yeux vers lui.

— Je voulais me rendre à Dernière Chance.

— Dernière Chance n'existe plus ! cracha le gobelin d'un ton hargneux. C'est Castel Guizmo, désormais !

Plaquant une main sur sa bouche pour éviter de pouffer, Darkhan émit un drôle de bruit. Ce nom était aussi grotesque que prétentieux.

— Wouah ! Castel Guizmo... répéta-t-il Darkhan, faussement admiratif. Pas de doute, c'est impressionnant ! Cela signifierait-il que Guizmo est devenu votre chef ?

L'autre eut un grognement de réprobation.

— Le seigneur Guizmo est bien plus qu'un simple chef ! rétorqua-t-il. Il est notre maître vénéré. Nous sommes tous prêts à donner notre vie pour sauver la sienne !

Encore une fois, Darkhan dut faire un effort pour réfréner l'envie de rire qui le taraudait. Pourtant, il voulait comprendre comment le stupide aubergiste de ce bled pourri s'était débrouillé pour devenir le seigneur d'une forteresse. Il décida de bluffer.

— Figurez-vous que je connais très bien votre maître. Nous sommes pour ainsi dire de vieux amis. Et j'ai besoin de le rencontrer au plus vite.

— Seigneur Guizmo ne reçoit personne après le coucher du soleil ! décréta le gobelin avec une suffisance qui agaça prodigieusement le sang-mêlé.

— Dites-lui que le prince Darkhan de Laltharils exige de le rencontrer ! aboya Darkhan. Faites vite, car j'ai à mes côtés une puissante sorcière drow qui se fera une joie de détruire votre château de pacotille !

Interloqué, le gobelin plissa les yeux pour scruter attentivement le visage de la femme. D'un coup, sa superbe s'évapora. Aussi livide qu'un fantôme, il marmonna quelques paroles incompréhensibles et disparut.

Une fois qu'ils furent seuls, Darkhan se retourna vers Assyléa avec un air confus.

— Désolé, mais c'est la seule idée valable qui me soit venue à l'esprit.

— Ne t'excuse pas, Darkhan, j'ai trouvé ça très drôle ! Même si tu as largement surestimé mes capacités… La tête qu'il a fait en voyant la mienne !

— Oui, terrible ! concéda le guerrier en s'autorisant un sourire, le premier depuis leur départ. À mon avis, le portail ne devrait pas tarder à s'ouvrir et je parie qu'ils vont même nous dérouler le tapis rouge !

Pourtant, contrairement aux prédictions de Darkhan, la porte resta close. Le guerrier commençait à s'impatienter quand, au bout d'une dizaine de minutes, une silhouette trapue apparut au sommet de la tour. Darkhan reconnut immédiatement l'ancien aubergiste. Mise à part l'ostensible couronne dorée qui auréolait son crâne difforme, le gobelin n'avait pas changé.

— Guizmo ! lança le guerrier. Quelle bonne surprise ! Je vois que tu as bénéficié d'une promotion au sein de votre petite communauté. Félicitations !

L'autre ne se laissa pas démonter par l'ironie à peine déguisée du guerrier.

— Qu'est-ce que tu veux encore, Darkhan ? bougonna-t-il.

— Doucement, le tempéra le demi-drow. Où est passée ta légendaire courtoisie ? Je viens juste te demander l'hospitalité, rien de plus.

— Tu n'es plus le bienvenu ici, à présent, grogna le gobelin à la peau verdâtre. Si tu passes ton chemin rapidement, je serai clément et mes hommes te laisseront tranquille.

Cette fois, c'en était trop. Darkhan s'esclaffa bruyamment.

— Laisse-moi rire ! déclara-t-il, hilare. Toi, minable petit aubergiste, tu oses me menacer ? Je crois que tu surestimes de beaucoup tes capacités militaires, non ?

— Absolument pas ! fanfaronna Guizmo en esquissant un horrible sourire. Depuis que j'ai fait fortune, j'ai beaucoup d'alliés, figure-toi ! Mon armée d'orques se fera un plaisir de vous massacrer.

L'expression de Darkhan s'assombrit. Il jeta un coup d'œil à Assyléa, hésitant. Le gobelin était sûrement en train de bluffer, mais comment en avoir la certitude ? S'il avait été seul, Darkhan aurait sans aucun doute relevé le défi. Ne fût-ce que pour s'amuser un peu. Mais il était hors de question de mettre Assyléa en danger. Aussi préféra-t-il temporiser.

— Du calme, Guizmo ! Nous sommes entre gens civilisés, non ? Inutile de recourir à la violence. On peut peut-être trouver un compromis…

— De quel genre ? rétorqua l'autre, dont les yeux chafouins brillaient déjà de cupidité.

— Eh bien, je dois me rendre à Rhasgarrok. Je voudrais que tu gardes mes chevaux et que tu t'en occupes pendant mon absence. Je les reprendrai à mon retour. J'ai de quoi payer, évidemment !

Il montra au gobelin une bourse bien remplie.

— Hum… ça me semble faisable, maugréa Guizmo, contre cent pièces d'or !

— Hein ? s'étrangla Darkhan. C'est de l'arnaque ! La dernière fois, tu ne m'avais demandé que…

— C'est à prendre ou à laisser ! le coupa l'aubergiste véreux.

Darkhan fulminait. Assyléa s'avança pour lui souffler qu'elle pouvait essayer de convaincre le gobelin. Darkhan ne sembla pas l'écouter.

— C'est d'accord, Guizmo ! concéda-t-il. On peut entrer, maintenant ?

— Non ! Pas question ! fit l'intéressé en secouant vivement la tête. Tu attaches tes bêtes à l'extérieur avec l'or bien en évidence. Quand vous serez partis, mes hommes les récupéreront.

— Tu n'es vraiment qu'un sale voleur !

— Oh, tu te trompes, ricana Guizmo entre ses chicots noirâtres. Je vais te prouver le contraire, tiens. Je t'offre un guide pour pénétrer dans Rhasgarrok.

— Pas besoin, j'ai mes entrées là-bas ! le coupa froidement Darkhan.

— Ça m'étonnerait ! couina le gobelin. Voilà six mois que la ville est totalement fermée.

Personne n'y entre, personne n'en sort. Ce sont les nouvelles règles. Nous, ça fait six mois qu'on n'a pas vu un drow dans les parages. Vous êtes les premiers…

— Comment ça, la ville est fermée ? s'enquit Assyléa, abasourdie.

— La vieille Zesstra est enfin crevée, ricana Guizmo, mais il y a des problèmes de succession. À ce qu'il paraît, sa fille, Zélathory, ne bénéficie pas des faveurs de leur déesse et pour maintenir l'ordre elle a décrété un couvre-feu très contraignant. Toutes les issues de Rhasgarrok ont été barricadées.

Ces nouvelles incroyables laissèrent Darkhan et Assyléa sans voix. Aucun des deux ne s'attendait à pareils changements. Ils étaient littéralement désarçonnés.

— Ha ! Ça vous en bouche un coin, n'est-ce pas ? ajouta Guizmo, ravi.

— Comment es-tu au courant de tout ça, si la ville est close ? demanda Darkhan, tout à coup soupçonneux.

— Au cas où tu ne l'aurais pas remarqué, je suis devenu quelqu'un de très influent dans la région. J'ai des informateurs un peu partout. Babosa, mon ami nain, en fait partie. Il se trouve qu'il doit justement retourner à Rhasgarrok pour… affaires. Il peut donc vous accompagner et vous faire entrer, en toute discrétion ! Évidemment, ce service vous sera facturé le prix fort.

— Combien ?

— Trois cents pièces d'or ! Non négociable ! Si tu acceptes, tu seras gentil de bien vouloir t'éloigner d'une centaine de mètres de ma forteresse pour laisser mon ami sortir pendant que nous irons chercher tes bêtes.

Darkhan serra les poings à s'en faire blanchir les jointures. Cet affreux gobelin dépassait les limites, mais si ce qu'il disait sur la ville des drows était vrai, c'était une véritable aubaine qu'il leur proposât les services de ce Babosa.

— D'accord ! grinça le guerrier. Tu auras tes quatre cents pièces d'or, Guizmo. Mais pas d'entourloupes ou je reviendrai avec une armée d'elfes argentés rayer ta belle forteresse de la carte !

— Voyons, Darkhan ! fit mine de s'offusquer le gobelin. Mes tarifs ont certes augmenté, mais les prestations que je propose sont d'une qualité irréprochable. J'ai une réputation à tenir, moi !

Darkhan ne releva pas la vantardise. Il, se contenta de lever les yeux au ciel et descendit de cheval tout en faisant signe à sa compagne d'en faire autant. Les cavaliers récupérèrent leurs sacs de voyage. Après avoir compté la somme exigée et déposé la bourse sur la selle,

Darkhan flatta l'encolure de son étalon une dernière fois avant de s'éloigner de Castel Guizmo, les yeux rivés sur le portail, le cœur battant.

À peine cinq minutes plus tard, celui-ci s'ouvrit. Deux orques vêtus de cuirasses cloutées s'emparèrent des longes des chevaux pour les entraîner à l'intérieur du fort. Les battants se refermèrent bruyamment et la frêle silhouette d'un être ridiculement petit se découpa dans la lueur blafarde de la lune. D'un pas alerte, le nain trottina dans leur direction en se dandinant comme une grosse oie.

Darkhan écarquilla les yeux en étouffant un juron. Assyléa se retint de pouffer de rire. Lorsque le nain arriva à leur niveau, il s'avéra qu'il atteignait à peine les hanches de la jeune drow. Sans se soucier de l'effet qu'il produisait chez les deux voyageurs, le petit homme chauve se planta devant Darkhan et lui tendit une main crasseuse.

— Enchanté ! déclara-t-il d'une surprenante voix haut perchée. Je m'appelle Babosa. Dans ma langue natale, cela signifie limace ; c'est que, quand j'étais petit, je n'étais pas plus gros qu'une limace et il paraît que je bavais beaucoup. Mais c'est parfois pratique d'être aussi petit. Ça permet de se glisser là où les autres ne passent pas. Hi, hi, hi ! Allez, en route !

Le nain se tourna en direction du nord, inconscient des regards incrédules qui lui brûlaient le dos. Darkhan lâcha un long soupir désabusé et Assyléa se pencha vers lui en souriant :

— Alors là, tu avais vu juste, murmura-t-elle sur le ton de la plaisanterie. Guizmo nous a vraiment déroulé le tapis rouge !

8

Apparemment, le dénommé Rhazal, un grand avariel aux cheveux d'ébène dont la cotte de mailles dorée scintillait sous les flambeaux, passait sa colère sur les soldats qui gardaient les appartements de l'empereur. D'un doigt accusateur, il les menaçait, les traits défigurés par la rage. Sa voix résonnait, terrible et glaciale, dans les couloirs du palais.

Luna ne parvenait pas à comprendre ses propos, mais le premier ministre semblait furieux. Soudain, Nélyss recula imperceptiblement.

— Je crois que ce n'était pas une si bonne idée, finalement, murmura-t-elle en se retournant vers Luna. Reste bien derrière moi et filons d'ici avant qu'il ne nous aperçoive et qu'il s'en prenne à nous.

L'adolescente acquiesça en silence et recula à son tour le plus discrètement possible. Hélas leur mouvement, aussi discret fût-il, attira le regard de Rhazal, qui tourna la tête dans leur direction. Il apostropha immédiatement la vestale en fonçant vers elle d'un pas décidé :

— Nélyss ? Ça, par exemple ! Ne t'enfuies donc pas comme une voleuse ! Il ne manquait plus que toi pour finir de gâcher complètement cette journée si mal commencée. Qu'est-ce que tu fiches ici ? Tu sais pourtant que tu n'es plus la bienvenue dans ce palais !

La vestale resta muette, paralysée par la peur que lui inspirait cet homme au regard aussi tranchant qu'un poignard. Il la toisait d'un air supérieur, affichant ostensiblement son mépris, sans même s'abaisser à jeter un œil sur l'adolescente qui se cachait dans son dos.

— Dépêche-toi ! rugit-il. J'ai d'autres aigles à fouetter, figure-toi !

— Heu, je… je venais… prendre des nouvelles de notre bien-aimé empereur et…

— Des nouvelles ? la coupa Rhazal, furibond. Tu veux des nouvelles ? Eh bien, sache que ces imbéciles de gardes viennent de m'apprendre qu'Avalior ne recevra personne tant que l'assassin de son épouse sera en vie !

— Hein ? sursauta l'avarielle.

— Il paraît que notre empereur est sorti de son mutisme pour exiger que je lui ramène la tête du meurtrier sur un plateau ! tempêta Rhazal en écrasant violemment son poing ganté contre le mur ce qui fit tressaillir son interlocutrice. Comme si je n'avais que ça à faire ! C'est insensé ! Mais dis donc, Nélyss, est-ce que par hasard tu ne saurais pas quelque chose à propos de ce mystérieux assassin ?

— Moi ? Enfin, pourquoi saurais-je quoi que ce soit ? dit la jeune fille déconcertée, en s'empourprant.

— Eh bien, il est de notoriété publique que les courtisanes - il avait presque craché le mot - raffolent des ragots. Par ailleurs, je suppose que la première dame de compagnie de l'impératrice a des yeux et des oreilles qui traînent un peu partout, non ?

Il lui saisit brutalement le menton pour la forcer à le regarder dans les yeux.

— N'aurais-tu pas quelque confidence à me faire ? susurra-t-il.

— Non... bien sûr que non ! protesta Nélyss en reculant vivement pour échapper à la poigne de fer du guerrier. Seriez-vous devenu complètement fou !

— Non, très chère Nélyss, pas si fou que ça ! grinça le premier ministre entre ses dents. Je compte bien mener une enquête, aussi rapide qu'efficace, pour qu'Avalior sache qui a tué sa femme. Peut-être acceptera-t-il de me recevoir et de m'écouter enfin. Maintenant, disparais hors de ma vue !

Nélyss s'empressa d'obéir, mais le regard acéré de Rhazal tomba malencontreusement sur Luna. Il sursauta, les yeux écarquillés. Le sang quitta sur-le-champ son visage dur.

— Hein ! Une… une terrestre ! balbutia-t-il, incrédule.

Blême de rage, il s'empara sans ménagement du bras de Luna.

— Nélyss ! s'indigna-t-il. Comment as-tu pu souiller notre citadelle en y amenant une créature aussi vile ?

— Lâchez-la immédiatement ! se révolta Nélyss, les poings serrés d'indignation. Vous n'avez pas le droit de la traiter ainsi, ni de l'insulter. C'est Abzagal qui l'a envoyée !

— Abzagal ? s'étrangla le premier ministre en lâchant Luna avec horreur comme s'il s'agissait d'une pestiférée. Comment oses-tu encore prononcer ce nom ? Combien de fois faudra-t-il vous le dire, maudits penseurs, que votre dieu n'existe plus ! Vous avez été incapables de l'honorer correctement en faisant des sacrifices comme je vous le suggérais depuis longtemps, et maintenant, voyez le résultat ! Cesse donc de me raconter des inepties !

— Nélyss dit la vérité, l'interrompit Luna d'une voix qu'elle voulait la plus assurée possible. Même si pour le moment Abzagal est dans l'incapacité de communiquer avec vous, il ne vous a pas abandonnés. Le sort des avariels le préoccupe grandement et c'est pour cette raison qu'il m'a chargée de vous venir en aide.

Rhazal, surpris, dévisagea l'elfe argentée. Comme si elle venait de lui raconter la meilleure plaisanterie qu'il ait jamais entendue, il explosa d'un rire sonore et forcé. Impassible, Luna le regarda sans sourciller.

— De nous venir en aide ! s'esclaffa le guerrier. Elle est bien bonne, celle-là ! Le grand, le magnifique, l'extraordinaire Abzagal, dans son incroyable clémence, nous envoie une misérable terrestre ! Une gamine, en plus ! C'est pathétique ! Ou bien votre dieu est devenu complètement fou, ou bien il se moque royalement de vous !

Luna planta ses yeux clairs dans ceux, brillants de haine, de son interlocuteur.

— Pour l'instant, le seul qui se moque de quelqu'un ici, c'est vous, Rhazal ! déclara-t-elle avec un sérieux qui tranchait avec l'hilarité du ministre. Vous devriez avoir honte ! En plus d'être la messagère du dieu dragon, sachez que je suis la princesse Sylnodel, fille d'Ambrethil et petite-fille d'Hérildur, le roi des elfes argentés de Laltharils. C'est en son nom que je vais me présenter aujourd'hui devant votre empereur. J'ignorais que les avariels bafouaient les règles de courtoisie les plus élémentaires en se permettant de mépriser les ambassadeurs de leurs cousins. C'est à croire que vous avez oublié vos origines, terrestres, à ce que je sache !

Le sourire de Rhazal s'effaça. Sa mâchoire carrée se crispa. Un silence de plomb tomba dans le couloir. Les minutes s'égrainèrent, lentes et lourdes. Nélyss, qui ignorait jusque-là la véritable identité de Luna, se raidit, redoutant la réaction du premier ministre. Pourtant, contre toute attente, celui-ci garda son calme et se contenta de hocher la tête.

— Soit ! finit-il par concéder de mauvaise grâce. Je ne vous ai pas accueillie comme il convenait, princesse Sylnodel, et vous m'en voyez désolé. Je dois dire en guise d'excuse que nous recevons rarement des étrangers à Nydessim… Je ne connais pas personnellement votre aïeul, mais son nom est venu jusqu'à nous, car sa sagesse est légendaire. Cela ne change rien au problème, pourtant.

Il marqua une pause et darda son regard métallique dans celui de l'adolescente aux cheveux argentés.

— Abzagal est peut-être inquiet pour nous, mais, comme je le disais tout à l'heure, il n'est plus capable de nous protéger et, lorsque les dragons se réveilleront, ce qui ne saurait tarder, ils seront sans pitié. Leur puissance est si grande, leur férocité et leur haine seront telles qu'il leur suffira d'une seule nuit pour réduire en cendres notre cité et massacrer jusqu'au dernier avariel. Avec tout le respect que je vous dois, princesse, vous êtes bien jeune et je doute que vous soyez de taille à affronter une centaine de dragon déchaînés.

Luna leva les yeux au ciel.

— J'ai dû mal m'exprimer, ou bien vous m'avez mal comprise, fit-elle d'un ton mielleux. Jamais je n'ai dit qu'Abzagal m'avait ordonné de tuer ces dragons. Il m'a simplement demandé de vous avertir qu'il ne vous avait pas abandonnés. Rétablissez son culte, continuez à croire en lui, à le vénérer, et d'ici une quinzaine de jours il pourra à nouveau entrer en contact avec vous, et par conséquent vous protéger des dragons lorsqu'ils arriveront.

Le premier ministre plissa les yeux, visiblement ébranlé par ces propos. Mais il se ressaisit rapidement et toisa l'adolescente avec mépris.

— Sans vouloir vous offenser, altesse, je doute de la fiabilité d'Abzagal. Laissez-moi gérer cette crise à ma façon ! Pour commencer, je vais trouver l'assassin de l'impératrice Lorsque Avalior aura obtenu satisfaction, je suis sûr qu'il me permettra enfin d'aller régler son compte au veilleur. Ainsi, le dragon ne réveillera jamais ses congénères et les avariels vivront éternellement en paix… sans dieu pour leur dicter leurs agissements !

— En paix ? ne put s'empêcher de relever Nélyss en lançant à Rhazal un regard meurtrier. C'est vous qui parlez de paix ? Alors que vous nous accusez d'avoir offensé Abzagal, que vous exhortez les guerriers à nous mépriser, que vous souhaitez exécuter les penseurs retenus prisonniers ?

— Suffit ! suffoqua son interlocuteur. Oublierais-tu à qui tu t'adresses, petite insolente ?

— Non, je sais parfaitement qui vous êtes, Rhazal ! cria Nélyss en laissant éclater une rage trop longtemps contenue. Vous n'êtes qu'une brute qui va déshonorer notre peuple en agissant comme un lâche. Notre regrettée impératrice s'est toujours opposée à ce qu'on tue le veilleur, comme ses ancêtres avaient eu la sagesse avant elle d'interdire une telle infamie. Finalement, on dirait que ça vous arrange qu'Arielle ne soit plus de ce monde, n'est-ce pas ?

L'insinuation frappa le Premier Ministre comme un coup de poignard.

— Comment oses-tu ? cracha-t-il, fou de rage, en levant la main en direction de la vestale, bien décidé à lui faire payer son affront.

Luna décida qu'il était temps de faire appel à son pouvoir, qu'elle maîtrisait désormais suffisamment pour en doser la puissance. Elle foudroya Rhazal de la force de son regard. Il s'immobilisa instantanément, suffoquant presque, les yeux chargés de peur et d'incompréhension.

— Inutile de recourir à la violence ! expliqua l'adolescente fermement. Cela ne changera rien à la situation. Par contre, si nous pouvons parler d'Abzagal à l'empereur, cela sauvera peut-être les avariels. Nous nous apprêtions d'ailleurs à lui demander audience avant que vous ne nous interceptiez aussi cavalièrement. Maintenant, veuillez avoir l'obligeance de nous laisser passer, seigneur Rhazal !

Luna relâcha son étreinte mentale. Chancelant, le premier ministre lui jeta un regard glacial où se mêlaient la terreur et la haine. Puis il se retourna brusquement et héla les soldats postés devant les appartements d'Avalior :

— GARDES ! Ces traîtresses menacent de tuer notre empereur ! Emparez-vous d'elles immédiatement !

9

Les soldats de l'empereur réagirent aussitôt à l'invective autoritaire de Rhazal. D'un même élan, huit des dix gardes en faction bondirent en direction de Nélyss et Luna, qui dégainant son sabre, qui saisissant son arc, qui brandissant sa lance. Sur leurs visages rudes se lisaient toute la haine et le dégoût que les deux conspiratrices leur inspiraient. Il ne faisait aucun doute que ces guerriers accompliraient leur mission sans faillir, et surtout sans se laisser attendrir par les supplications d'une adolescente aux cheveux d'argent.

Pourtant, aucune lame n'effleura les jeunes filles, aucune flèche ne les frôla non plus.

Sous les yeux incrédules de Luna, les soldats s'étaient pétrifiés en pleine course, les membres paralysés, leurs armes figées. L'un d'eux semblait même suspendu en l'air. ; ses pieds ne touchaient plus le sol mais, curieusement, il ne tombait pas.

Luna sentit qu'un bras l'agrippait comme une serre, l'entraînant dans une fuite effrénée vers la sortie. Dans les couloirs, les gardes qu'elles avaient croisés à l'aller étaient également statufiés dans d'improbables positions. Immobiles, le regard vide, ils ne semblaient même plus respirer.

— Nélyss ? s'écria Luna sans cesser de courir. C'est… c'est toi qui a fait ça ?

— Oui, mais dépêche toi, le sort ne durera pas longtemps ! l'invectiva l'avarielle en se précipitant sans ralentir sur les doubles portes du palais impérial pour les ouvrir d'un coup d'épaule.

Dehors, le froid mordant se jeta aussitôt sur Luna comme un monstre affamé, mais l'adolescente ne s'arrêta pas pour autant. Son esprit était encore sous le choc du prodige auquel elle venait d'assister.

— Comment as-tu fait ça ? demanda-t-elle, essoufflée, sans pourtant cesser de courir.

— Plus tard ! lui intima Nélyss, en la soulevant dans ses bras d'un geste rapide.

La seconde d'après, l'avarielle se jetait dans le vide.

Cette fois, Luna ne ferma pas les yeux et assista, médusée, au spectacle magique d'un vol au-dessus de la cordillère. La bise polaire s'engouffrait sous son surcot, s'infiltrait entre les mailles de mithril et brûlait sa peau tel un tison de glace, mais la souffrance n'était rien comparée à l'époustouflante beauté du paysage immaculé qui défilait sous elle.

Émerveillée et grisée par la vitesse, elle eut soudain l'impression qu'elle volait. Toute seule. Cette sensation lui procura un tel vertige de plaisir qu'elle en oublia le froid insoutenable et leur mésaventure récente. Enivrée, elle tendit les bras en poussant un cri de joie.

— Hé, du calme ! lui hurla Nélyss en resserrant son étreinte. Cesse de gesticuler comme ça et accroche-toi bien à moi ! Je n'ai pas envie que tu tombes !

Honteuse, Luna s'agrippa aux bras de l'avarielle et gorgea ses yeux d'images fabuleuses. Elle connaissait bien ces montagnes pour en avoir admiré les sommets d'ivoire depuis la forêt de Wiëryn, mais jamais elle n'aurait imaginé pouvoir un jour les survoler. Étrangement, le voyage aérien lui sembla très court, cette fois-ci, et pourtant, lorsqu'elle se posa, Nélyss était revenue à son point de départ, dans les appartements de l'impératrice.

Une fois dans la verrière, la vestale claqua la baie vitrée derrière elle et fit signe à Luna de la suivre.

— Vite, filons nous mettre à l'abri !

Luna la suivit sans un mot ; les explications viendraient sans doute plus tard. Après maints détours dans le labyrinthe de couloirs bleutés, Nélyss se précipita dans une pièce sombre et, visiblement à bout de forces, elle s'affala sur un grand lit parmi les coussins moelleux.

— C'est ta chambre ? demanda Luna en admirant la décoration feutrée. Elle est jolie.

— Comment peux-tu le savoir ? s'étonna Nélyss. Il fait complètement noir…

— Je vois dans la nuit comme en plein jour. Pourquoi ? Pas toi ? Tous les elfes sont nyctalopes, il me semble.

— Non, pas nous, grimaça Nélyss, un brin dépitée. Je suppose que les avariels ont perdu quelques caractéristiques elfiques en acquérant leurs ailes. On ne peut pas tout avoir…

Luna vint s'asseoir à côté de son amie. Après quelques minutes de silence, n'y tenant plus, elle aborda la question qui la taraudait depuis un moment déjà.

— Nélyss, que s'est-il passé, dans le couloir, tout à l'heure ?

— J'ai créé une faille temporelle, avoua finalement la jeune fille. En d'autres termes, j'ai arrêté le temps. C'est un sort difficile qui demande beaucoup d'entraînement, mais en général je le réussis plutôt bien. Le problème, c'est qu'il ne dure pas longtemps. Deux ou trois minutes, pas plus. Après, je risquerais de perdre connaissance.

— C'était très impressionnant, lui confia Luna, admirative. J'adorerais avoir ce talent.

— Ton truc pour figer Rhazal n'était pas mal non plus ! admit Nélyss en riant.

— C'est vrai… La tête qu'il a fait ! C'était trop drôle.

— Oui, mais on a un sacré problème, dit l'avarielle en retrouvant son sérieux.

— Lequel ?

— Nul doute que Rhazal va envoyer des patrouilles fouiller les moindres recoins de Nydessim et placarder les murs d'avis de recherche. Ici, nous sommes en sécurité car je possède l'unique clé des appartements d'Arielle. Mais on risque d'avoir beaucoup de mal à prévenir Avalior du retour prochain d'Abzagal. Je crains qu'entre-temps Rhazal ne déniche un faux coupable, rien que pour avoir l'autorisation d'aller tuer le veilleur. N'importe quel crétin fera l'affaire.

Luna médita ces paroles un moment. Soudain, un détail lui revint à l'esprit.

— Tu sais, c'est vrai ce que tu as dit à propos de Rhazal.

— Quoi donc ? s'étonna Nélyss en se redressant sur un coude.

— Que ça doit bien l'arranger que votre impératrice soit morte. Ce que je vais te dire va peut-être te sembler bizarre, mais... Et si c'était lui qui l'avait assassinée ?

— Rhazal, le meurtrier d'Arielle ?

— Pourquoi pas ? fit Luna en haussant les épaules. Dès que votre souveraine a perdu le contact avec Abzagal, Rhazal n'a plus eu qu'une idée en tête : partir à la recherche du veilleur. Mais Arielle s'y opposait fermement. Maintenant qu'il est débarrassé d'elle, il peut enfin mettre son plan à exécution.

— En effet... opina Nélyss, pensive. Je me demande à qui il va bien pouvoir faire porter le chapeau....

— Cornedrouille ! C'est tellement évident ! s'écria Luna en plaquant sa main sur son front. Après notre altercation, Rhazal va en profiter pour te faire accuser, toi ! Et ce ne seront pas les témoins qui vont manquer.

Nélyss se redressa complètement, livide. Elle ouvrit la bouche, mais les mots restèrent bloqués dans sa gorge.

— Bigredur, pesta Luna. Sans le vouloir, nous venons de faire de toi la coupable idéale ! Oh, tout est ma faute, Nélyss ! Nous n'aurions jamais dû tenter d'aller voir Avalior. Je regrette...

— Non, tu n'es pas responsable, soupira l'avarielle, fataliste. Néanmoins, je crois que nous allons devoir rester cachées ici en attendant que l'orage passe.

Sans prononcer un mot de plus, Nélyss se leva lentement pour allumer quelques photophores dorés qui redonnèrent immédiatement vie à la chambre. Les flammes firent danser les motifs géométriques des tapisseries aux murs et l'ambiance fut tout de suite plus chaleureuse, même si le moral des deux filles était au plus bas.

Histoire de détendre un peu l'atmosphère, la vestale proposa à sa compagne de manger un encas. Luna, qui n'avait rien avalé depuis la veille au soir, s'empressa d'accepter. Nélyss s'éclipsa quelques minutes et revint avec un plateau chargé de victuailles. Luna goûta les petits carrés de viande et de poisson marinés qu'elle trouva délicieux. Quant aux galettes de pâte d'amande colorée, elle n'en avait jamais mangé d'aussi bonnes et en dévora plus que de raison.

Curieuse, l'adolescente interrogea Nélyss sur la provenance de ces denrées alimentaires, pour apprendre que, si les avariels avaient coupé les ponts avec leurs cousins du sud, ils commerçaient toujours avec les peuples sauvages du grand Nord et des plaines de l'extrême Nord-Est, au-delà de la cordillère.

Luna et Nélyss passèrent le reste de la journée à bavarder, à échanger des informations sur leur cité respective ainsi que sur leurs coutumes.

Elles devinaient toutes deux que la citadelle devait grouiller de gardes lancés à leurs trousses, mais ni l'une ni l'autre n'y fit allusion. Nélyss lui avait dit qu'elles étaient ici en sécurité et Luna lui faisait confiance.

Le soir venu, elles terminèrent les restes du déjeuner et se couchèrent toutes deux dans le grand lit de la vestale. Luna, qui avait eu son content d'émotions, ne tarda pas à s'endormir. En revanche, tracassée par la tournure inquiétante que prenaient les évènements, Nélyss ne parvint pas à fermer l'œil de la nuit.

Le lendemain fut des plus tranquilles. Comme Nélyss tenait à ce qu'elles restent tapies, Luna décida pour patienter de lui raconter l'histoire peu ordinaire de sa vie. L'avarielle qui n'avait jamais quitté sa forteresse natale parut subjuguée par les aventures de la jeune elfe. Sa vie à Nydessim, entre le culte d'Abzagal et la cour d'Arielle, était moins palpitante. Quoique... Nélyss lui raconta quelques anecdotes croustillantes. La jeune fille possédait un véritable talent de conteuse et de comédienne qui divertit grandement Luna. Elles s'amusèrent et bavardèrent de longues heures, ne s'aventurant que quelques minutes hors de la chambre pour aller chercher des provisions dans une pièce voisine.

La deuxième journée fut par contre des plus moroses. Les deux amies s'étaient raconté tellement de choses la veille qu'elles semblaient l'une comme l'autre à court d'inspiration. Par ailleurs, l'immobilité et le confinement commençaient à taper sur les nerfs de Luna. Abzagal lui avait confié une mission et voilà qu'elle se retrouvait à papoter avec une avarielle fort sympathique mais qui, au bout du compte, était dans l'incapacité de l'aider dans sa mission.

Après avoir grignoté quelques gâteaux secs, Luna se leva soudain, exaspérée.

— Écoute, Nélyss, ce n'est plus possible de rester enfermées. Je sens que je vais exploser. Il faut que je sorte d'ici !

— Hein ? réagit l'avarielle, à deux doigts de s'étrangler. Tu es folle ! Nous sommes recherchées. Si nous sortons, les gardes nous tomberont dessus et ma tête finira sur un plateau devant Avalior. Tu dois absolument attendre que les choses se tassent !

— Pas question ! s'écria Luna, déterminée. Je ne resterai pas cloîtrée un jour de plus, cornedrouille ! Ici, on n'a aucune idée de ce qui se trame dans la cité. Il faut que je sache ce qui se passe, que j'essaie de rencontrer l'empereur, que je le persuade d'attendre le retour d'Abzagal, que je…

— Qu'est-ce que tu crois ? s'offusqua Nélyss. Tu as beau être une… étrangère, je te garantis qu'après l'incident de l'autre jour Rhazal ne te fera pas de cadeau ! En plus, une elfe de lune, ça ne passe pas inaperçu à Nydessim.

Luna parut méditer ces paroles. Son visage s'éclaira bientôt.

— Eh bien, transforme-moi en avarielle !

— Qu'est-ce que tu dis là ? lâcha Nélyss en sourcillant. Comment veux-tu que je fasse une chose pareille ?

— J'ai ma petite idée.

Moins de deux heures plus tard, la clé de cristal déverrouilla une porte dérobée et Luna se glissa hors des appartements de feu l'impératrice. Elle portait une somptueuse robe turquoise ornée de cristaux scintillants. Dans son dos, deux ailes magnifiques en duvet d'aigle géant, découpées dans le tapis du grand salon et cousues sur une armature métallique, créaient une parfaite illusion. Quant à ses cheveux noircis de suie et relevés en queue de cheval, ils la vieillissaient d'au moins trois ou quatre ans, lui conférant une certaine sévérité qu'adoucissaient pourtant deux plumes fichées dans une mèche rebelle. Une touche de fard sur les paupières et du carmin sur les lèvres complétaient une métamorphose très réussie.

Suivant les recommandations de Nélyss, Luna se dirigea sans attendre vers l'immense escalier à double révolution qui s'enfonçait dans la forteresse de cristal. L'avarielle lui avait expliqué que l'escalier débouchait dans un immense hall, une sorte de place centrale très populaire où les penseurs avaient coutume de se réunir pour s'enquérir des dernières nouvelles, du moins avant le drame. En s'y rendant, Luna apprendrait peut-être des choses intéressantes et testerait son déguisement dans une zone moins périlleuse que les appartements d'Avalior.

Sentant le poids des ailes factices dans son dos, l'adolescente s'engagea dans le monumental escalier de glace dont elle put admirer la structure et la transparence. À plusieurs reprises, elle croisa des avariels qui la saluèrent d'un hochement de tête auquel elle s'empressa de répondre poliment. Dans leurs yeux, nul étonnement ni suspicion, mais plutôt du respect et de l'admiration. Apparemment, sa nouvelle apparence ne choquait personne. Pourtant, à mi-chemin, lorsque Luna aperçut un escadron de gardes en armure qui montait droit vers elle, son cœur fit un bond dans sa poitrine. Pas moyen de les éviter, ni de revenir sur ses pas sans avoir l'air suspect. Elle retint son souffle et baissa les yeux en priant pour que les soldats ne découvrent pas la supercherie. À son grand soulagement, ils n'émirent aucune remarque, se contentant de la regarder passer en silence. Luna soupira de soulagement.

Au bas de l'escalier, elle déboucha dans une vaste verrière qui donnait sur une terrasse circulaire. Derrière la baie gigantesque, la cordillère de Glace offrait son spectacle grandiose. Pourtant, outre la vive luminosité des rayons du soleil qui se reflétait sur les miroirs du sol, ce qui subjugua l'adolescente, ce fut l'étonnante végétation qui ornait l'esplanade. Dans des pots en verre s'épanouissaient de splendides palmiers gorgés de lourdes grappes brunes. Le long des volutes de cristal s'entortillaient des lianes d'orchidées aux couleurs exubérantes. Dans des massifs impeccablement entretenus couraient des buissons de fougères et de fleurs colorées.

Luna se figea, bouche bée, émerveillée par ce décor inattendu au cœur de la citadelle. Soudain elle avisa sur sa droite un immense piédestal dont l'état de délabrement contrastait avec la magnificence des lieux. Intriguée, elle s'approcha.

Le socle orné de sculptures cristallines semblait avoir été saccagé à coups de pioche. La statue qui reposait là autrefois avait dû être de toute beauté. Sans doute représentait-elle Abzagal. Le cœur de Luna se serra.

— Le dieu maudit vous manque, jeune fille ? susurra une voix masculine à son oreille.

L'adolescente sursauta et fit brusquement volte-face pour découvrir un jeune homme, beau à damner. Une mèche cuivrée retombait sur son front et ses yeux, telles deux émeraudes, brillaient d'intelligence. L'avariel était si près d'elle que c'en était gênant. Luna recula en rougissant.

— Heu… non, pas du tout. Je…

— Vous savez sûrement ce qu'encourent les adorateurs de Celui-qu'on-doit-oublier ? la coupa-t-il avec un sourire énigmatique.

Luna sentit ses joues s'empourprer davantage. Que lui voulait cet avariel ? Cherchait-il à la piéger, ou simplement à la tester ? Elle s'apprêtait à lui demander une explication quand une trompette résonnant à l'autre bout du hall l'interrompit.

— Oyez, oyez, peuple de Nydessim ! cria une voix de stentor. En tant que messager impérial, je suis porteur d'un message émanant de Sa Majesté l'empereur. Approchez, approchez tous !

Ravie de cette diversion impromptue, Luna faussa compagnie au jeune homme trop curieux et, en courant presque, elle se rapprocha du crieur public monté sur une estrade afin d'être parfaitement visible. Tout de rouge vêtu, il était affublé d'un étrange couvre-chef pivoine. Entre ses mains pâles pendait un long parchemin. À ses côtés, quatre soldats montaient la garde, les yeux rivés sur le peuple qui, comme attiré par un aimant, se pressa bientôt pour écouter les nouvelles. Très vite, Luna se retrouva prisonnière d'une foule bigarrée suspendue aux lèvres de l'homme.

Lorsqu'il se racla la gorge, un silence sépulcral tomba immédiatement sur l'esplanade. La voix du messager résonna, forte et claire.

— Sa Majesté Avalior I vous annonce que son premier ministre, Rhazal, a arrêté le meurtrier de notre vénérée impératrice. Le suspect, connu sous le nom de Khalill Ab'Nahoui, n'était autre que le médecin personnel de la défunte. Ayant avoué son acte sacrilège devant le tribunal militaire, le criminel a été décapité sur-le-champ et sa tête présentée à notre empereur. Ladite tête sera exposée dans ce hall pour témoigner de la gravité de son acte.

Des rumeurs sourdes s'élevèrent de la foule en émoi, mais un nouveau raclement de gorge ramena le silence.

— Par ailleurs, vous savez que nous vivons désormais sous la menace imminente d'une attaque des terribles dragons. Aussi, Sa Majesté Avalior I a-t-elle ordonné à Rhazal de se mettre en quête du veilleur afin de le supprimer et d'en finir une fois pour toutes avec le danger que représentent ces monstres assoiffés de sang.

Cette fois, la salle ne broncha pas, comme pétrifiée par cette nouvelle. Cependant, le crieur ne s'arrêta pas là et poursuivit d'une voix monocorde :

— Notre empereur bien-aimé ne pouvant rester veuf plus longtemps, nous invitons les prétendantes au titre prestigieux d'impératrice des airs à se présenter au palais du vent. Les intéressées seront conduites à la salle du bassin et seule celle qui résoudra l'énigme du parchemin d'or sera déclarée apte à porter la couronne impériale. Les autres périront comme l'impose la tradition !

Il laissa s'écouler une poignée de secondes avant de conclure :

— Enfin, l'empereur rappelle que quiconque sera pris en train de prier Celui-qu'on-doit-oublier sera immédiatement jeté en prison et jugé pour haute trahison. Toute dénonciation sera écoutée avec attention et récompensée en cas d'exactitude. Le contenu de ce communiqué sera affiché sur toutes les places publiques de Nydessim afin que nul n'ignore les sages paroles de Sa Majesté impériale.

À nouveau, le messager laissa s'écouler quelques secondes de silence.

— Gloire et longue vie à Avalior I ! s'écria-t-il ensuite en laissant son parchemin s'enrouler sur lui-même

Accompagné de son escorte, il s'en retourna aussitôt vers la terrasse en fendant la foule muette de stupeur.

Luna, qui avait inconsciemment retenu son souffle durant tout le discours, expira lentement. Les nouvelles qu'elle venait d'entendre l'avaient bouleversée. Pourtant, l'adolescente ne parvenait pas à déterminer si elles étaient bonnes ou mauvaises.

Nélyss saurait sans aucun doute l'aider à y voir plus clair.

10

Le vent aride de la plaine d'Ank'rok charriait de la poussière et des grains de sable tourbillonnants qui s'infiltraient dans les moindres replis des vêtements. Luttant contre la tempête nocturne, la petite troupe de voyageurs progressait en direction du nord. Assyléa et Darkhan avaient enfilé une chemise sur la tête pour filtrer l'air, de sorte que seuls leurs deux yeux étaient exposés au vent hostile. Ils suivaient leur guide en pestant intérieurement contre sa lenteur désespérante. Plusieurs fois, Darkhan l'avait exhorté à presser le pas, mais le nain n'avait rien voulu entendre.

— C'est facile pour vous, vous avez de grandes échasses ! avait-il rétorqué.

Assyléa avait tenté de détendre l'atmosphère en discutant avec le nain. En réalité, elle voulait en apprendre davantage sur les récents évènements qui avaient bouleversé Rhasgarrok. Hélas, Babosa n'en savait apparemment pas plus que ce que leur avait appris Guizmo.

La jeune drow avait alors fini par se murer dans ses funestes pensées, l'esprit hanté par l'image de la cruelle Zélathory montant sur le trône de Lloth. Même si la raison l'inclinait à croire que la première prêtresse ne pourrait pas être plus malfaisante que sa défunte mère, une petite voix au fond d'elle lui soufflait que les horreurs commises par matrone Zesstra n'étaient rien en comparaison des crimes futurs de sa fille. Assyléa était convaincue que Zélathory, avide de pouvoir et de vengeance, avait assassiné sa génitrice de ses propres mains. Depuis le temps qu'elle convoitait sa place !

Par contre, ce qui surprenait l'ancienne novice, c'était la responsabilité qu'on attribuait à Lloth dans les problèmes de succession à la grande prêtresse. Pourquoi la déesse araignée refusait-elle ses faveurs à la nouvelle matriarche, alors que celle-ci était l'une de ses plus ferventes adeptes ? Que se passait-il vraiment dans l'ombre du monastère ? Tout cela n'annonçait rien de bon, de même que cette étrange histoire de couvre-feu et de ville fermée. Comment les drows, individualistes et viscéralement allergiques à toute règle, acceptaient-ils pareilles contraintes ? La force et la terreur, jouaient sans doute un rôle prépondérant dans toute cette histoire. Assyléa commençait à appréhender ce qu'elle allait découvrir dans la ville souterraine. Rhasgarrok avait-elle été ravagée par une guerre civile et plongée dans un bain de sang meurtrier ? Si tel était le cas, Sarkor et Halfar avaient-ils la moindre chance d'avoir survécu ?

Lorsque l'aube se leva enfin, la jeune fille, démoralisée et exténuée, tenait à peine sur ses jambes. Ils avaient marché toute la nuit et le Rhas indiquant l'emplacement de la cité drow n'était encore qu'une petite colline à l'horizon. Il leur faudrait certainement une bonne journée de marche pour atteindre leur but. Or, en cette saison, pas question de faire une pause dans ce désert sans risquer la déshydratation.

Si seulement ce Guizmo de malheur les avait autorisés à passer la nuit dans sa forteresse ! Aussi minable qu'eût été leur chambre, Assyléa aurait enfin pu s'allonger dans un vrai lit pour dormir. Et manger aussi afin d'apaiser les crampes qui lui vrillaient l'estomac !

D'un côté, Assyléa regrettait que Darkhan ne l'ait pas laissée utiliser son pouvoir de persuasion sur ce gobelin prétentieux. Pourtant, elle comprenait parfaitement qu'il fût pressé de retrouver son père. Plus tôt ils seraient à Rhasgarrok, plus vite commenceraient les recherches et plus grandes seraient leurs chances de le retrouver en vie.

Assyléa avait donc gardé pour elle ses reproches. Elle prenait son mal en patience et suivait en silence, fataliste. La vie l'avait habituée à bien pire et, comme Darkhan faisait la tête depuis leur départ, la jeune drow ne voulait surtout pas envenimer les choses.

Elle ne lui en voulait pas, au fond. Après tout, c'était à cause d'elle si Halfar avait disparu ! Convaincue du ressentiment de Darkhan à son égard, Assyléa tâchait de se faire la plus discrète possible, en espérant qu'un jour les choses finiraient par s'arranger.

La silhouette escarpée des montagnes Rousses se dessina à l'est, dans la lumière orangée du petit matin. L'astre du jour déversait déjà son flot de rayons dorés dans la plaine désertique, telle une marée torride et implacable.

Au bout de deux heures, Assyléa sentit sa vue se troubler et ses tempes se mirent à bourdonner. Peu habituée à de telles températures, elle regrettait à présent Laltharils où le palais, le lac et l'ombre bienfaisante des arbres lui offraient toujours une fraîcheur salutaire. Elle avait tellement soif qu'elle en avait oublié sa faim lancinante. Sa gourde ne contenait plus une seule goutte d'eau et elle se refusait à demander quoi que ce soit à Darkhan.

Éreintée, elle trébucha contre une grosse pierre. Elle n'évita la chute que de justesse. Pour résister à la torpeur qui l'envahissait dangereusement, elle concentra toute son attention sur le dos du nain qui dodelinait de droite à gauche, inlassablement. N'était-il jamais fatigué, lui ? Où donc un si petit bonhomme puisait-il autant de forces ?

Soudain, ses yeux papillonnèrent et ses jambes s'affaissèrent d'un coup. Au moment où Assyléa allait s'affaler, un bras salvateur l'agrippa par la taille pour la retenir. À peine consciente, elle s'appuya sur cette béquille providentielle et continua à avancer mécaniquement, les yeux mi-clos.

Soutenue par Darkhan, la drow marcha pendant ce qui lui sembla une éternité, quand la voix aiguë de Babosa la tira soudain de sa léthargie.

— Vous voyez le gros rocher, là-bas ? annonça le nain en pointant un index boursouflé. Un dernier effort et nous serons à l'abri.

Assyléa entendit son compagnon de route bougonner une réponse. Elle ferma les yeux et ne vit pas le trou juste devant ses pieds.

Elle perdit l'équilibre et Darkhan resserra immédiatement son étreinte autour d'elle. Troublée par cette promiscuité, la jeune fille tenta mollement de se dégager, mais ses forces l'avaient complètement abandonnée. Elle sombra alors dans l'inconscience.

Lorsque Assyléa ouvrit à nouveau les yeux, Darkhan, accroupi à côté d'elle, lui tamponnait le visage avec un linge humide. Ses gestes étaient d'une douceur étonnante et surtout... il lui souriait ! Assyléa lui retourna un faible sourire et promena ses yeux autour d'elle. L'ombre d'un imposant rocher en surplomb les protégeait momentanément des ardents rayons du soleil. Elle soupira de soulagement.

— Tiens, tu dois être morte de soif, devina Darkhan en lui proposant sa gourde. Tu aurais dû me dire que la tienne était vide !

Sans se soucier des convenances, Assyléa ouvrit la bouche et accepta le goulot qu'il lui glissa entre les lèvres. Immédiatement, l'eau tiède apaisa le martyre de son gosier en feu.

— Vous voyez, c'était pas grand-chose ! commenta Babosa en grimaçant. Bon, on va peut-être pouvoir s'y remettre. Parce qu'à ce train là, on n'est pas rendus !

Darkhan se tourna pour le foudroyer du regard.

— Vous voyez bien qu'elle n'est pas en état de continuer ! gronda-t-il. Il n'est pas question que mon amie retourne sous cette fournaise !

— Qui a dit une chose pareille ? dit Babosa en faisant mine de s'indigner. Nous allons reprendre la route, certes, mais en restant à l'ombre… Sous terre !

— Comment ça ? sursauta Darkhan pendant qu'Assyléa s'essuyait la bouche du revers de la main, étonnée elle aussi.

Le nain gloussa de satisfaction, apparemment content de lui.

— Toutes les issues de Rhasgarrok ont été condamnées et demeurent étroitement surveillées, mais les patrouilles de Zélathory ne connaissent pas mon petit passage secret. Hi ! Hi ! Imbéciles de drows !

Il se rattrapa aussitôt en voyant la mine consternée des deux voyageurs :

— Oups ! Désolé ! Je… je ne disais pas cela pour vous, évidemment !

— Évidemment ! ironisa Darkhan avant de se retourner vers sa compagne. Assyléa, te sens-tu capable de continuer ou préfères-tu te reposer encore un peu ?

Stupéfaite devant l'empressement de Darkhan, la jeune femme rougit violemment.

— Je vais beaucoup mieux, merci, Darkhan, déclara-t-elle rapidement en se relevant. Nous pouvons reprendre la route.

Babosa s'approcha du rocher et, du bout de ses gros doigts pataudS, dessina de curieux motifs anthropomorphiques qui se mirent bientôt à luire au cœur du granit. Il marmonna quelques paroles incompréhensibles et, sous les yeux médusés de Darkhan et d'Assyléa, une sorte de cavité s'ouvrit dans la roche. Le nain s'engouffra sans hésiter dans la gueule sombre et s'enfonça bientôt dans le sol. Les deux autres lui emboîtèrent le pas.

— Va falloir vous baisser un peu ! ricana Babosa, heureux de prendre sa revanche. Ce tunnel a été creusé par mes ancêtres et ils n'étaient pas bien grands. Même pour des nains !

Et ce n'était pas peu dire ! Assyléa et Darkhan découvrirent bientôt que le boyau qui serpentait vers Rhasgarrok, invisible sous la plaine, ne leur permettrait pas d'avancer debout. Ils allaient devoir ramper ! Aussitôt, Darkhan proposa à sa compagne de se protéger les genoux avec leurs chemises sales afin de progresser à quatre pattes sans trop souffrir.

— Alors, on fait moins les malins, maintenant ! se moqua Babosa qui, lui, parvenait à se tenir debout. Si vous traînez trop, je ne vais peut-être pas vous attendre, vous savez ?

— T'as pas intérêt à nous laisser là-dedans ! s'emporta Darkhan.

— Qui va m'en empêcher ? le nargua le nain, hilare. Tu ne comptes tout de même pas me courir après, non ?

— Si tu nous fais la moindre entourloupe, nous te retrouverons, petit homme, et nous te ferons regretter de nous avoir trompés ! gronda le guerrier, impuissant.

— Oh ! vous savez, j'ai déjà bravé les patrouilles de Zélathory. Deux drows pétris de bons sentiments et de compassion comme vous semblez l'être ne me font pas vraiment peur. Allez, courage ! La route est encore longue, mais vous avez de la chance : c'est toujours tout droit ! À plus tard !

L'air suffisant, il se mit à se dandiner sur ses courtes pattes. Les deux elfes noirs le regardèrent s'éloigner en serrant les dents pour ne pas l'inonder de jurons.

La route leur fut une pénible épreuve. Au fil des kilomètres, leurs protections se transformèrent en haillons, puis en charpie, et s'émiettèrent enfin jusqu'à disparaître complètement. Leurs genoux ensanglantés laissèrent bientôt derrière eux deux sillons écarlates et luisants.

Chaque mètre supplémentaire se transformait en une atroce torture.

Pourtant, ni l'un ni l'autre ne se plaignit.

Toute petite, déjà, Assyléa avait appris à surmonter des douleurs physiques encore plus insoutenables. Les souvenirs marqués au fer rouge qu'elle tentait de refouler depuis qu'elle vivait à Laltharils remontèrent du plus profond de son âme comme une déferlante. Néanmoins, aujourd'hui comme alors, pas une seule plainte ne sortirait de sa bouche. Toute cette souffrance emmagasinée viendrait alimenter un peu plus la haine féroce qu'elle éprouvait pour les adorateurs de Lloth.

Quant à Darkhan, il progressait également en silence, mais pas pour les mêmes raisons que la jeune fille. La douleur qu'il endurait était surtout psychologique. En réalité, il s'en voulait amèrement de n'avoir pas su dire non à Hérildur et il regrettait plus que jamais d'avoir accepté qu'Assyléa l'accompagne. De la voir souffrir de la sorte lui était intolérable. Un véritable supplice qui rongeait son âme davantage que la roche n'entaillait sa chair.

Lorsqu'ils parvinrent enfin dans une petite grotte humide où brûlait un flambeau, les deux voyageurs, à bout de forces, rampèrent encore quelques mètres et se retournèrent sur le dos, incapable de marcher ou même de se relever.

La douleur était trop vive, l'épuisement trop intense.

C'est alors que Babosa jaillit d'une autre galerie, une caisse entre les mains.

— Eh bien, mes amis, vous en avez mis, du temps ! clama-t-il de sa voix de fausset. J'ai amené de quoi vous restaurer et boire un coup. J'ai également apporté un baume miracle qui accélère la cicatrisation. Ça devrait vous soulager un peu.

— Pourquoi ce revirement de situation ? croassa Darkhan, sans toutefois bouger. Je croyais que tu n'en avais rien à faire, de nous !

— Disons que j'ai eu des remords, grimaça le nain. Ou plutôt que je ne pouvais pas rester avec vous : vous voir souffrir ainsi aurait été trop difficile moralement. C'est pour ça que je vous ai laissés continuer seuls. De toute façon, même si je vous avais attendus, cela n'aurait pas changé grand-chose, vous en conviendrez ! Et puis il n'y avait pas d'autre moyen de vous faire entrer clandestinement dans Rhasgarrok.

Assyléa ne fit aucun commentaire, se contentant de lever les yeux au ciel. Elle s'assit péniblement et se jeta avec avidité sur le pichet que Babosa avait déposé à côté d'elle. Elle attrapa une cuisse de poulet et la dévora en cinq secondes. Darkhan l'imita sans attendre.

Ce ne fut qu'ensuite qu'ils nettoyèrent et pansèrent leurs genoux ensanglantés. Le baume miraculeux de Babosa anesthésia presque instantanément la douleur.

— Ah, c'est efficace, hein ? fanfaronna le nabot. Les nains ne sont pas que des creuseurs de galeries, non ! Ils possèdent bien d'autres talents. Mon père était guérisseur et il m'a légué toute une collection de crèmes et d'onguents. Oh, mais j'y pense, vous devez être exténués. Je peux vous offrir l'hospitalité, si vous le désirez.

— Pour combien ? demanda Darkhan que cet élan de générosité laissait sceptique.

— Oh ! Pas de cela entre nous ! s'offusqua Babosa, les joues pivoine. Enfin, juste un petit dédommagement, rien de plus. Disons cinquante pièces d'or ?

— Chacun ? sursauta Assyléa.

— Heu… non, hésita le nain, s'apercevant qu'il avait peut-être visé un peu haut. Pour les deux ! Dans un bon lit douillet, avec un édredon et des coussins tout moelleux.

Assyléa interrogea Darkhan du regard, mais celui-ci secoua imperceptiblement la tête.

— Désolé, Babosa, s'excusa le guerrier en se mettant lentement debout. C'est gentil, mais nous sommes attendus !

— Bon, disons vingt pièces d'or… heu, même quinze, ou dix, tiens !

— N'insiste pas, Babosa ! se fâcha Darkhan en aidant sa compagne à se relever.

— Oh ! se lamenta le nain, dépité. Ça m'aurait fait tellement plaisir de vous garder même gratuitement, tenez ! En plus, il y a le couvre-feu. Vous ne pouvez pas partir maintenant. Attendez au moins quelques heures.

— Montre-nous la sortie ! ordonna soudain Assyléa d'une voix dénuée de son habituelle douceur.

Le nain changea brusquement d'attitude. Finis les jérémiades et le sourire mielleux. Il les toisa soudain froidement.

— Inutile d'avoir recours à tes démoniaques pouvoirs, sorcière ! cracha-t-il à l'endroit de la jeune drow. Après tout ce que j'ai eu la bonté de faire pour vous ! Quelle ingratitude !

— Ta gentillesse m'a quand même coûté trois cents pièces d'or, je te le signale ! intervint Darkhan.

Tout à sa colère, Babosa ne releva pas le commentaire et poursuivit sa diatribe :

— Je vais vous laisser vous en aller, mais je vous préviens que, si les patrouilles de Zélathory vous tombent dessus, vous regretterez amèrement d'avoir refusé mon offre ! Ce sera bien fait pour vous ! J'espère qu'elles vous feront…

— D'accord ! le coupa Assyléa. Où est la sortie ?

Le nain gronda en montrant les dents, mais son esprit ne put s'empêcher d'obéir à l'imprécation de l'ancienne novice. D'un geste du menton, il indiqua un tunnel beaucoup plus large et haut que celui par lequel ils étaient arrivés. Darkhan et Assyléa s'y engagèrent aussitôt, heureux de constater que leurs genoux allaient déjà mieux. Après seulement quelques mètres, ils découvrirent une porte en bois qui donnait dans l'arrière-boutique d'une herboristerie. La vitrine s'ouvrait sur une ruelle plongée dans l'obscurité. Après s'être assuré que la voie était libre, Darkhan, la main serrée sur la garde de son épée, fit signe à Assyléa de le suivre. Tous deux se mirent en route dans un silence de mort.

La ville, d'habitude grouillante de vie, infestée par une faune peu recommandable en quête de denrées illicites, gangrenée par les voleurs et les assassins, fréquentée par les rôdeurs en mal de sensations fortes, était complètement déserte. Même les rats semblaient avoir quitté les lieux.

Sur leurs gardes, Darkhan et Assyléa déambulèrent dans les galeries sinistres sans rencontrer âme qui vive. Soudain, la jeune fille poussa un cri de surprise. Le sang de Darkhan se glaça. Il fit volte-face et découvrit le visage de sa compagne déformé par la peur.

— Assyléa ! Que se passe-t-il ? s'écria-t-il en l'agrippant par les épaules.

— Mes… mes jambes ! gémit-elle, affolée. Elles sont comme… paralysées. Je ne peux plus faire un pas.

Elle avait à peine fini sa phrase que Darkhan sentit également une sourde torpeur envahir rapidement ses propres membres. Il tenta de bouger les pieds, de plier les genoux. En vain. Une bouffée de terreur l'envahit.

— Le baume de Babosa ! fulmina-t-il en mesurant à quel point le nain les avait entourloupés. Il nous a bien eus, ce traître ! Je suis certain qu'il voulait nous garder pour nous livrer aux gardes de Zélathory en échange de quelques pièces d'or ! Le saligaud, si je le tenais, je te jure que je lui ferais passer un mauvais quart d'heure !

— En attendant, c'est vous qui risquez de passer un mauvais quart d'heure ! glapit une grosse voix dans leur dos.

Darkhan n'eut pas le temps de dégainer son épée. Un coup de matraque s'abattit sur sa nuque offerte. Le guerrier s'affala sur Assyléa qui, incapable de bouger ses jambes, tomba également à la renverse. Elle hurla, épouvantée, avant d'être frappée à son tour.

11

Les paroles du messager impérial avaient provoqué une véritable commotion sur l'esplanade. La foule des avariels, comme pétrifiée, tardait à se disperser. Les nouvelles étaient trop incroyables pour qu'on ne s'empressât pas de les commenter à chaud. Peu à peu, une vague de rumeurs diffuses envahit le hall en s'amplifiant de seconde en seconde.

Luna aurait pu remonter tout de suite jusqu'aux appartements de l'impératrice où l'attendait Nélyss, mais elle préféra s'attarder quelques minutes encore. Discrète et attentive, elle se mit à circuler habilement entre les différents groupes, écoutant les discussions, glanant quelques précieuses informations.

L'elfe argentée apprit ainsi que, si certains se réjouissaient de la mort de l'assassin d'Arielle, d'autres s'inquiétaient de l'issue du combat contre le veilleur. Car si Rhazal et ses guerriers échouaient, le dragon furieux ne manquerait pas de voler jusqu'au repaire des siens pour les réveiller. Là, le pire serait à prévoir. Quant à l'annonce du remariage de l'empereur, elle suscitait autant d'excitation que d'indignation. Quelle avarielle serait suffisamment intrépide pour se soumettre à l'épreuve ? Et la témérité n'était pas tout. La prétendante serait-elle assez intelligente pour parvenir à résoudre l'énigme ? Dans le cas contraire, elle ne pourrait pas échapper à la justice divine et ce serait la mort cruelle et inéluctable. Mais pourquoi donc Avalior était-il si pressé de remplacer sa défunte épouse, puisque Celui-qu'on-doit-oublier les avait abandonnés? Ne pouvait-il avoir la décence d'attendre que la période de deuil soit écoulée ? Les sourires goguenards des uns contrastaient fortement avec les visages outrés des autres.

Une dispute éclata soudain non loin de Luna et des clameurs s'élevèrent, véhémentes. L'un des avariels, poussé à bout par son proche voisin, se jeta sur lui pour lui faire ravaler ses propos infamants. L'autre riposta d'un violent coup de poing, qui propulsa l'infortuné à terre. Avec un hurlement hystérique, une femme se précipita sur l'agresseur, toutes griffes dehors. Un troisième homme tenta de s'interposer, mais un coup de pied bien placé le plia en deux. Il s'écroula en gémissant pendant que les deux rivaux se jetaient l'un sur l'autre en proférant force jurons.

Apeurée par la tournure que prenaient les choses, Luna sentit que le moment de s'éclipser était venu. Elle recula prudemment et se faufila entre les groupes de plus en plus agités et bruyants. Au moment où elle rejoignait le vaste escalier, elle jeta un coup d'œil en arrière et constata, écœurée, que l'échauffourée tournait à la bagarre générale.

« Cornedrouille ! songea-t-elle. Pauvre Abzagal ! Heureusement qu'il ne peut pas voir ce spectacle affligeant ! »

— Affligeant, n'est-ce pas ? murmura quelqu'un dans son dos.

Reconnaissant immédiatement cette voix veloutée, Luna se retourna vivement. Elle ne fut pas étonnée de se retrouver nez à nez avec le jeune homme qui l'avait abordée juste avant le discours du messager impérial.

— Encore vous ? s'écria-t-elle, furieuse. Vous lisez dans les pensées, ou quoi ?

L'avariel ne sourcilla pas. Il se contenta de l'observer, un sourire amusé au coin des lèvres. Il était un peu plus jeune que Luna l'avait d'abord cru. Dix-neuf ou vingt ans, pas plus. Il était fort beau et donc intimidant, mais Luna refusa de se laisser impressionner. Elle vrilla ses yeux clairs dans le vert intense de ceux du garçon. Leurs visages étaient à quelques centimètres seulement l'un de l'autre.

— J'ignore qui vous êtes, mais voilà déjà deux fois que vous m'abordez de la façon la plus impolie qui soit ! tempêta Luna. Maintenant, cessez de m'importuner et laissez-moi passer !

— Thyl ! fit l'avariel, sans bouger d'un centimètre.

— Pardon ? lâcha l'adolescente, interloquée.

— Je m'appelle Thyl, et si je me suis montré discourtois, vous m'en voyez navré. Je suis d'un naturel très curieux et je ne vous avais jamais vue par ici auparavant.

Le sang de Luna se glaça. Son cerveau en ébullition tenta de trouver une parade, une réplique, une excuse, quelque chose d'efficace pour clouer le bec à son interlocuteur, mais rien ne lui vint. L'avariel la scruta, impassible.

— Comment vous appelez-vous ?

Luna se raidit, livide. Devait-elle dire son vrai nom ? Si oui, pour lequel opter, Luna ou Sylnodel ? Lequel choquerait le moins ? Le garçon s'y laisserait-il prendre ?

— Je… je… En fait, cela ne vous regarde pas ! finit-elle par déclarer, agacée.

— Fort bien, ricana Thyl en arborant un air suspicieux. Mais si vous préférez garder votre anonymat, c'est sûrement que vous avez des choses à cacher. C'est louche, n'est-ce pas, mademoiselle-je-ne-dirai-pas-mon-nom ?

— Vous allez me dénoncer à Rhazal, c'est ça ? riposta Luna, sur la défensive.

Thyl arqua les sourcils, surpris.

— Pas du tout ! Vous êtes bien trop jolie ! Et vous m'intriguez, aussi.

Les joues blêmes de Luna s'empourprèrent violemment. Le sourire de Thyl s'agrandit. Il prit Luna par la main et l'entraîna aussitôt avec lui dans l'escalier.

— Venez, fit-il d'une voix douce. Nous serons plus tranquilles là-haut pour discuter.

Luna se laissa guider sans protester.

— Alors, belle inconnue, quel est votre secret ? souffla l'avariel à son oreille. C'est en rapport avec Abzagal, non ?

— Je croyais qu'on ne devait plus prononcer son nom ? répliqua Luna en le regardant de travers.

— Je n'ai que faire des menaces de l'empereur ! décréta Thyl en retrouvant son sérieux. Les guerriers ne me font pas peur. Je suis un penseur fier de ses allégeances. Celui qui me dira comment penser n'est pas encore né !

Dites-moi donc, jeune fille, ce que vous pensez d'Abzagal, justement ?

Luna prit une grande inspiration. Quelle confiance pouvait-elle accorder à ce garçon dont elle ne savait rien ? Était-il simplement curieux, ou lui tendait-il un piège ?

— Et vous ? rétorqua-t-elle, sur ses gardes.

— Moi ? Je suis intimement persuadé que notre protecteur ne nous a pas abandonnés et qu'il va bientôt revenir ! lui confia Thyl en retrouvant son sourire charmant.

Luna le dévisagea avec insistance en s'efforçant de mesurer sa sincérité. Finalement, convaincue par la droiture de son regard, un rien conquise aussi par ses traits charmants, elle décida de lui faire confiance et de lui révéler une partie de la vérité.

— Je partage votre point de vue, murmura-t-elle. Je suis certaine qu'Abzagal ne nous a pas oubliés. Il faut à tout prix rétablir son culte en attendant son retour prochain.

— Sachez que le culte d'Abzagal n'est pas complètement éteint, lui révéla Thyl dans un souffle. En tant que clerc supérieur, j'ai formé un groupe de novices très motivés. Nous nous réunissons dans un endroit secret et prions chaque jour en espérant le retour de notre dieu unique. Pourquoi ne vous joindriez-vous pas à nous ?

Abasourdie par ces révélations, Luna resta muette de stupeur.

— Je… je ne sais pas si… bredouilla-t-elle. En réalité, j'enquêtais sur l'assassinat de l'impératrice. Comme il semblerait que le coupable vient d'être démasqué, alors…

— Détrompez-vous ! Ce n'est pas Khalill Ab'Nahoui qui a tué Arielle ! gronda Thyr, les poings serrés. Ce tribunal impérial n'était qu'une fichue mascarade destinée à faire porter le chapeau à un penseur et à discréditer toute notre caste. Ce n'est pas lui, l'assassin. Il aimait Arielle comme sa propre fille. Il aurait donné sa vie pour elle.

— Vous le connaissiez bien ? l'interrogea Luna.

Thyl marqua une pause. Sa bouche tressaillit.

— C'était mon père, murmura-t-il, et même si nous étions en froid depuis quelque temps, je jure par le Très Grand que je vengerai sa mort !

Le jeune homme marqua une pause et reprit, une lueur d'espoir dansant dans ses yeux.

— Voudriez-vous m'aider à démasquer le véritable meurtrier, mademoiselle ?

— Luna ! finit par révéler l'intéressée. Mon nom est Luna. Votre offre est très tentante, mais mon amie Nélyss m'attend.

L'avariel fronça le nez.

— Votre amie ? Cette conspiratrice ? s'indigna-t-il.

Luna faillit s'étrangler.

— Conspiratrice ? N'exagérez-vous pas un peu ? Nélyss était tout de même la première dame de compagnie d'Arielle.

— Justement ! Une petite arriviste, assoiffée de pouvoir et de gloire. Je n'ai jamais compris ce que notre impératrice pouvait bien lui trouver ! C'est une excellente comédienne, certes, mais également une fabulatrice de la pire espèce. En plus, son père était un guerrier ! Et vous savez quoi ? Cela ne m'étonnerait qu'à moitié qu'elle ait trempé dans cette sombre histoire de meurtre.

Luna demeura interdite. Elle allait protester, mais Thyl ne lui laissa pas le temps d'ouvrir la bouche. Il venait d'apercevoir une patrouille juste au-dessus d'eux et, apparemment, il ne tenait pas à la croiser.

— Finalement, c'est très bien que vous soyez devenue l'amie de cette fille, se dépêcha-t-il de dire. Vous allez pouvoir l'espionner sans éveiller ses soupçons. Si vous découvrez quoi que ce soit de suspect, courez me prévenir. Nous nous cachons dans l'entrepôt désaffecté près de la boulangerie impériale. Le mot de passe est… Enfin, non, contentez-vous plutôt de vous présenter. On vous ouvrira. Soyez prudente, Luna, et pas un mot de tout ça à Nélyss, surtout ! Elle serait capable de nous trahir !

Il dévala aussitôt l'escalier. Perturbée et ne sachant plus que penser, Luna se hâta de gravir les dernières marches. Elle croisa les soldats, les mêmes qu'à l'aller. Ils avaient sans doute terminé leur ronde au dernier étage. L'elfe de lune se hâta de retourner auprès de la porte dérobée qui menait aux appartements de l'impératrice des airs. Elle frappa plusieurs coups brefs selon le code convenu. Le battant s'ouvrit aussitôt sur une Nélyss aux abois, les traits déformés par la panique.

— Que faisais-tu, Luna ? pépia la vestale. J'étais morte d'inquiétude. Je pensais qu'une patrouille t'avait découverte et embarquée.

— Non, rassure-toi, personne n'a percé à jour mon déguisement. Tiens, à ce propos, si tu pouvais m'aider à enlever ces ailes, elles pèsent une tonne et me font horriblement mal.

Pendant que Nélyss s'empressait de lui rendre ce service, Luna poursuivit :

— Tu sais quoi ? J'ai assisté au discours officiel d'un messager d'Avalior et c'était très instructif.

— Oh, Luna, ne me fais pas languir ! Parle ! trépigna Nélyss, dont l'angoisse était palpable.

— J'ai une bonne et une mauvaise nouvelle. La bonne, c'est que tu n'as plus à te cacher. Ta tête ne finira pas sur un plateau. Khalill Ab'Nahoui a été inculpé, jugé et exécuté pour le meurtre d'Arielle.

— Ça, alors ! s'exclama Nélyss, incrédule. C'est impossible ! Khalill était si prévenant, si attentionné ! Arielle avait une totale confiance en lui, et moi aussi. Je suis certaine que c'est un coup monté. Rhazal a trouvé le bouc émissaire parfait, le coupable idéal pour masquer son propre forfait. Ah, le misérable !

— C'est exactement ce que pense son fils, un dénommé Thyl. Il ne croit pas une seconde à la culpabilité de son père.

— Thyl ! cracha Nélyss sans dissimuler son mépris. Même si nous semblons d'accord sur l'innocence de Khalill, il faut que tu te méfies de ce garçon. Sache qu'il est complètement siphonné. Depuis qu'il est tout petit, ce type s'amuse à surgir de nulle part, apparaissant brusquement derrière vous pour vous susurrer des propos incohérents de sa voix mielleuse. En plus d'être manipulateur, Thyl est complètement paranoïaque, il voit des ennemis partout. Cela faisait longtemps que son père l'avait banni des appartements de l'impératrice et refusait catégoriquement de le voir.

Luna resta bouche bée. Entre Thyl qui traitait Nélyss de conspiratrice et Nélyss qui traitait Thyl de manipulateur, l'adolescente ne savait absolument plus qui croire.

— Et la mauvaise nouvelle, c'est quoi ? la pressa Nélyss, impatiente.

— Oh, fit Luna en revenant soudain à elle. Avalior a autorisé Rhazal à partir en chasse. À l'heure qu'il est, le premier ministre est sûrement déjà sur les traces du veilleur.

— Oh, non ! gémit la vestale en manquant de s'effondrer. Oh non, pas ça ! C'est terrible, vraiment terrible.

La jeune fille vacilla, blanche comme un linge. Même ses ailes avaient perdu leur jolie teinte rose. Inquiète de la réaction de son amie, Luna l'aida à s'allonger sur son lit. Livide et les yeux pleins de larmes, elle semblait sur le point de défaillir.

— Je vais te révéler un secret, Luna. Un secret que je suis la seule à connaître. Arielle me l'avait confié quelques jours avant sa mort. Si les dragons ne se réveillent pas tous les cent ans, c'est tout l'équilibre de la cordillère de Glace qui s'effondrera, la montagne sera engloutie dans les profondeurs de la terre et Nydessim disparaîtra à jamais. Nous mourrons tous, Luna. C'est pour ça qu'Arielle refusait catégoriquement qu'on touche au veilleur.

— Mais c'est effrayant, ce que tu racontes là, s'exclama Luna. Nous devons immédiatement prévenir Avalior

— Trop tard… trop tard ! sanglota Nélyss avant de perdre connaissance.

12

Lorsque Nélyss reprit conscience, la nuit était déjà bien avancée. Fort préoccupée par l'état de celle qu'elle considérait comme son amie malgré les accusations de Thyl, Luna ne l'avait quittée qu'à deux reprises. La première pour aller faire un brin de toilette dans une salle de bain toute proche : elle ne supportait plus son maquillage et la suie dans ses cheveux. La deuxième pour aller chercher à manger et à boire dans la petite cuisine des appartements de l'impératrice. Elle avait rapporté une carafe remplie d'un jus rose et une boîte de galettes à moitié pleine.

— Nélyss ? Comment te sens-tu ? chuchota l'elfe de lune en saisissant la main glacée de l'avarielle.

— Que… que s'est-il passé ? balbutia celle-ci d'une voix faible.

— Tu t'es évanouie en pensant à ce que Rhazal s'apprêtait à faire et je…

— Je suis restée inconsciente longtemps ? la coupa Nélyss en se redressant, affolée.

— Pas mal de temps, oui, avoua Luna. Il fait déjà nuit noire.

Telle une furie, Nélyss bondit hors des draps en bousculant au passage Luna qui tomba à la renverse.

— Nom de nom ! s'écria la vestale en se précipitant sur un de ses grands coffres en bois. Il fallait me réveiller, Luna !

— Je n'ai pas osé, mais c'est clair que j'aurais dû ! déclara froidement Luna, vexée d'être ainsi traité sans ménagement.

Nélyss ne semblait pas l'écouter.

— Pourvu qu'il ne soit pas trop tard ! marmonnait-elle en fouillant avec frénésie parmi ses affaires. Pourvu qu'il ne l'ait pas encore trouvé. Jamais je ne me le pardonnerais. Jamais !

Luna l'observait, perplexe. Que signifiaient donc ces paroles mystérieuses ? De quoi Nélyss parlait-elle ? L'adolescente allait le lui demander quand l'avarielle extirpa du tas de vêtements une immense cape noire. Elle jeta la houppelande d'encre sur ses épaules et comme par enchantement ses ailes devinrent immédiatement noires, plus sombres que les ténèbres. Elle rabaissa la large capuche sur ses cheveux dorés et, sans un regard pour Luna, s'empressa de quitter la chambre.

Désorientée, l'elfe de lune se lança à sa poursuite.

— Nélyss ! la héla-t-elle en courant dans les couloirs. Attends-moi ! Où vas-tu ?

Comme sourde aux appels de Luna, l'avarielle poursuivit sa course en direction de la verrière.

— Attends, Nélyss ! s'époumona l'elfe en la rattrapant. Enfin, écoute-moi !

Déjà sur le point d'ouvrir la baie vitrée, la vestale se retourna, visiblement agacée.

— Qu'est-ce que tu veux encore ?

Luna recula, frappée par le ton glacial de Nélyss habituellement si gentille.

— Tu ne manques pas de toupet, cornedrouille ! explosa-t-elle. Je joue les espionnes pour ton compte, je veille sur toi quand tu tombes dans les pommes, je m'inquiète et toi, tu me rejettes à la première occasion ! Charmant ! Je te rappelle que nous formons une équipe, toutes les deux !

Nélyss, soudain honteuse, baissa les yeux. Lorsqu'elle reprit la parole, sa voix était redevenue douce et calme.

— C'est vrai, tu as raison, Luna... Désolée, mais j'ai quelque chose d'extrêmement urgent à accomplir... et j'ai déjà perdu de précieuses heures.

— Je peux venir avec toi ?

— Non ! refusa catégoriquement Nélyss en secouant la tête. C'est beaucoup trop dangereux. Cette fois, je dois agir seule. Toi, tu vas sagement retourner te coucher et attendre mon retour. Si je ne suis pas revenue d'ici… d'ici demain soir, disons, va voir l'empereur et révèle-lui tout. Qui tu es, la mission qu'Abzagal t'a confiée, la culpabilité de Rhazal et surtout le terrible secret d'Arielle au sujet de la disparition des dragons. Lui saura peut-être quoi faire pour sauver les avariels.

Luna soupira en tentant de masquer sa déception.

— D'accord, Nélyss. Tu peux compter sur moi. Je vais t'attendre ici et si demain soir tu n'es pas de retour, j'irai trouver Avalior. Mais comment ferai-je pour… ?

— Tiens ! la coupa Nélyss en lui glissant un objet froid dans le creux de la main gauche. Avec cela et tes fausses ailes, tu y arriveras, j'en suis certaine.

Avant que Luna ait pu ajouter quoi que ce soit, l'avarielle poussa la vitre, déploya ses ailes et se jeta dans le ciel, avalée par la nuit.

Luna, interdite, plissa les yeux pour scruter l'obscurité profonde et absolue, mais Nélyss avait déjà disparu. L'adolescente resta ainsi prostrée plusieurs secondes avant de se rendre compte que la bise glaciale qui s'engouffrait par l'ouverture béante la congelait sur place. Elle s'empressa de refermer la baie en luttant contre la violence des bourrasques de neige. Transie de froid, les bras serrés contre sa poitrine, elle se hâta de rejoindre la chambre douillette de la vestale.

Ce ne fut qu'une fois blottie sous les draps encore tièdes de son amie que Luna s'aperçut qu'elle avait gardé son poing gauche fermé sur le mystérieux objet qu'elle lui avait remis. Elle écarta lentement les doigts et découvrit, stupéfaite, la curieuse clé transparente que Nélyss gardait toujours sur elle. Elle hoqueta de surprise.

« Eh bien, Nélyss doit avoir sacrément confiance en moi pour me confier son précieux sésame, songea-t-elle, flattée. Ou alors... la situation est plus désespérée que je ne le croyais... »

Ne sachant que penser, Luna resta un moment à observer la clé. Les multiples facettes de cristal reflétaient la lumière des bougies et scintillaient faiblement entre ses doigts fins. L'elfe se sentait abrutie de fatigue, mais les questions sans réponse s'entrechoquaient dans sa tête, lui interdisant de se laisser gagner par un sommeil pourtant nécessaire.

Où était partie Nélyss aussi précipitamment ? De quoi s'en voudrait-elle si Rhazal tuait le veilleur ? De ne pas avoir prévenu Avalior ? De ne pas avoir dénoncé le premier ministre ? Allait-elle revenir ? Courait-elle vraiment un danger ?

« Pourvu qu'il ne lui arrive rien, s'angoissait Luna. J'espère également qu'elle ne va pas aggraver les choses en commettant un acte irréfléchi. Si au moins elle m'avait dit où elle se rendait et pourquoi… Finalement, Nélyss n'a pas tant que ça confiance en moi! »

Tout en envisageant mille scénarios possibles, Luna se laissa gagner par la chaleur et ne résista pas lorsqu'une douce torpeur envahit subrepticement son esprit. Peu à peu, ses pensées se muèrent en rêves…

Ou plutôt en cauchemars, peuplés de dragons assoiffés de sang. Un troupeau entier, dont les écailles rugueuses affrontaient la tourmente, dont les ailes membraneuses battaient les bourrasques de neige, volait droit vers la citadelle offerte. Des gueules béantes dépassaient des crocs acérés, dégoulinants de venin, prêts à couper, à trancher, à faucher sans pitié les fragiles vies des avariels hurlants de terreur, qui fuyaient désespérément mais qui périssaient broyés, déchiquetés sous les yeux horrifiés de Luna. Elle-même, pour tenter d'échapper à la folie meurtrière qui ensanglantait la ville, s'était réfugiée sur une terrasse en hauteur. Tapie derrière un parapet, elle s'était recroquevillée sous la tempête de neige et bouchait ses oreilles de ses mains pour oublier les grondements frénétiques des dragons et les hurlements d'effroi des derniers avariels. Elle se croyait à l'abri quand soudain un énorme dragon noir atterrit à moins de cinq mètres d'elle en faisant trembler le sol sous son poids monstrueux. De ses naseaux démesurés s'échappaient des volutes d'air chaud. Luna regarda la bête dans les yeux et comprit qu'elle allait mourir. Lorsque le dragon se jeta sur elle, l'elfe hurla à s'en rompre les tympans.

— Luna ! C'est moi, Nélyss. Réveille-toi !

— Hein ? sursauta Luna en ouvrant des yeux affolés. Nélyss ?

— Donne-moi la clé que je t'ai confiée ! ordonna la vestale.

— Heu… oui, mais…

— Lève-toi et rend-moi la clé ! Vite ! s'écria Nélyss en la tirant brusquement du lit.

— Eh, du calme ! protesta Luna en manquant de tomber. Que se passe-t-il ?

— Je t'expliquerai en route ! Tiens, mets ça sur tes épaules ! la coupa Nélyss en lui jetant une longue cape grise. Allez, suis-moi !

Avant que Luna ait eu le temps de réagir, l'avarielle lui attrapa la main et l'entraîna dans les couloirs labyrinthiques des appartements de l'impératrice.

— Nélyss, vas-tu enfin m'expliquer ce que signifie tout ça ? s'énerva Luna tout en courant pieds nus. D'abord, comment se fait-il que tu sois déjà là ? Ne devais-tu pas…

— J'ai fait une rencontre, disons surprenante, en cours de route. Du coup, j'ai changé mes plans.

— Explique-toi, Nélyss ! s'écria Luna en tentant de freiner la course de son amie. Je ne comprends rien à ton charabia. Et puis, où m'emmènes-tu ?

— Chez Avalior, annonça Nélyss sans ralentir.

— On ne passe pas par l'extérieur comme la première fois ? s'étonna l'elfe.

— Non, nous allons chez Avalior, mais pas pour le rencontrer. Du moins, pas officiellement.

— Hein ? Qu'est-ce que tu me racontes, à la fin ? Sois plus claire !

— Nous allons l'espionner, répliqua l'avarielle en s'arrêtant devant un pan de mur.

— Quoi ? Espionner Avalior ?

Sans se retourner, Nélyss murmura un mot dans une langue inconnue et une serrure de cristal se dessina sur le mur parfaitement lisse. Elle s'empressa d'y glisser la clé. Sous les yeux médusés de Luna, une porte invisible apparut et s'ouvrit sans émettre un seul bruit sur un tunnel sombre, creusé au cœur de la montagne, où brillaient quelques lumignons dorés. L'avarielle s'y engouffra sans hésiter. Luna l'imita.

— C'est un passage secret qu'avait fait creuser Arielle pour pouvoir espionner son mari. À croire qu'elle doutait de sa fidélité! ajouta Nélyss en lançant un clin d'œil à son amie.

— Je vois, rétorqua Luna, vaguement amusée. Mais tout ça ne m'explique pas pourquoi nous allons espionner l'empereur, ni qui tu as croisé en route. Je suis complètement perdue, cornedrouille !

Tout en s'enfonçant dans le passage secret, Nélyss prit un air grave.

— Alors que je volais en direction du nord, j'ai aperçu Rhazal et deux de ses hommes qui rentraient.

— Ça, alors ! Ils t'ont vue ?

— Non, la cape qui me recouvrait est enchantée. Dans la nuit, elle me dissimule complètement, de sorte que ni la lune ni les étoiles ne peuvent trahir ma présence. Je suis comme invisible.

— Tu dis que Rhazal rentrait à Nydessim. Tu crois qu'il a tué le veilleur ?

— Je n'en sais rien, et c'est ça qui me rend folle. La seule chose dont je suis sûre, c'est qu'il y a bien eu combat. J'imagine que Rhazal avait réuni ses meilleurs hommes pour partir en chasse. Et là, ils n'étaient que trois, et encore, en piteux état. L'un d'entre eux semblait avoir eu les ailes arrachées car il était soutenu par les deux autres.

— Oh ! Si je comprends bien, tu veux que nous assistions en direct au compte-rendu que le premier ministre va faire à son empereur ?

— Exact. C'est pour ça que nous devons faire vite, expliqua Nélyss en ralentissant.

Elle montra du doigt le bout du tunnel.

— Regarde, nous y sommes !

Derrière une vitre sans tain brillaient des lumières diffuses.

Ébahie, Luna fit quelques pas et posa ses doigts sur le verre.

— La chambre impériale ! chuchota la vestale dans son dos. Apparemment, Avalior dort encore. Mais je suppose que ses gardes ne vont pas tarder à…

Comme pour lui donner raison, un soldat fit brusquement irruption dans la chambre, un flambeau dans la main.

— Votre majesté ! s'écria le garde. Rhazal est de retour et demande une audience d'urgence.

Les draps remuèrent. L'empereur se retourna en grommelant quelques paroles incompréhensibles.

— Les nouvelles dont il est porteur sont d'une extrême gravité, insista le soldat.

— C'est bon, faites-le entrer ! grincha Avalior en se redressant sur ses coussins.

Luna examina l'empereur avec attention. Sa chevelure hirsute lui donnait un air étonnamment juvénile malgré les rides profondes qui barraient son front. Des cernes noirs soulignaient ses yeux et ses joues étaient creusées. Il avait une mine affreuse et semblait dans un état de faiblesse extrême.

Le premier ministre apparut dans l'embrasure de la porte et se précipita aux pieds du lit impérial. Son armure n'était plus qu'un tas de ferraille informe. Son visage tailladé saignait en plusieurs endroits. Une de ses ailes pendait lamentablement sur le côté.

— Oser me réveiller en pleine nuit… J'espère que c'est important ! gronda l'empereur, apparemment de méchante humeur. Avez-vous trouvé le veilleur ?

— Oui, seigneur, nous l'avons trouvé, mais il n'était pas seul.

— Comment ça ? tonna Avalior, la mâchoire tremblante.

— Je ne me l'explique pas, mais... ils étaient trois ! Trois dragons, pleins de vigueur et de rage. Ils nous ont attaqués. Seuls moi et deux de mes hommes avons pu échapper au carnage.

Une longue minute de silence s'écoula. Puis, comme s'il venait de comprendre le sens caché de ces paroles, Avalior porta ses mains osseuses à son visage blême.

— Trois dragons... répéta-t-il, livide. Cela veut dire que...

— Que pour une raison inconnue le veilleur a pris de l'avance, compléta Rhazal, les traits déformés par l'angoisse. Il n'a pas attendu la fin du cycle pour réveiller ses congénères ! Il faut sans tarder nous préparer à une attaque des dragons, qui risque bien d'être imminente.

L'empereur poussa un gémissement désespéré.

— Ah si je t'avais écouté il y a plusieurs mois de cela, si je t'avais permis de tuer le veilleur, tout serait tellement différent aujourd'hui ! Ma douce Arielle ne me l'aurait sans doute jamais pardonné, mais peut-être serait-elle encore en vie, qui sait... Et au moins nous ne serions pas sur le point de tous mourir.

— Nous ne mourrons pas sans combattre ! affirma Rhazal en se relevant, déterminé. Nous appellerons les aigles géants à notre rescousse et ensemble nous défendrons notre citadelle !

Le premier ministre semblait croire en ses chances de réussir, mais Avalior ne partageait manifestement pas son optimisme.

— Hélas, il ne sert à rien de nous voiler la face, mon brave Rhazal ! marmonna-t-il, le regard dans le vague. Les dragons sont des ennemis trop puissants pour nous. Sans Abzagal, nous n'avons aucune chance de survivre. Aucune ! C'est la fin, mon fidèle ami, c'est la fin.

Mais Rhazal ne l'écoutait déjà plus. Malgré ses blessures, le guerrier se redressa, bomba le torse fièrement et sortit de la chambre la tête haute, disposé à mourir pour Nydessim.

13

Darkhan ouvrit un œil, puis deux. Il releva légèrement la tête, mais une douleur fulgurante lui vrilla le crâne. Sa mâchoire se crispa sur un cri muet. Il relâcha ses muscles et laissa sa tête retomber lourdement. Cela ne suffit pas à atténuer sa souffrance. C'était comme si quelqu'un essayait d'enfoncer un pieu dans sa nuque. Pourtant, outre la douleur, quelque chose de plus lancinant encore taraudait son cerveau enfiévré.

Il n'était pas allongé, mais debout ! Poignets et chevilles étaient enserrés dans l'étau de menottes d'acier solidement fichées dans le mur. Il était prisonnier !

Une seconde prise de conscience le foudroya. Assyléa ! Darkhan faillit hurler en pensant à ce que ses geôliers avaient pu faire de sa compagne. Tout son corps s'arqua violemment dans un accès d'intense désespoir, comme s'il avait une chance de s'arracher à ses entraves pour retrouver la belle drow. Ses yeux s'exorbitèrent sous l'effet de la rage.

Alors, il la vit ! Son cœur tressauta dans sa poitrine, de soulagement mais également de détresse. Si Assyléa était là, à côté de lui, bien vivante, elle était également captive. Encore inconsciente, elle était comme suspendue au mur. Sa chevelure éparse cachait son visage. Ses bras écartelés semblaient si fins, si fragiles !

Un élan de remords mêlé de terreur embrasa l'esprit de Darkhan. Ses pires craintes venaient de se réaliser. Ils avaient sans doute été attaqués par une patrouille de Zélathory et la cruelle matrone allait les torturer. Elle commencerait certainement par Assyléa, pour la punir d'avoir déserté le clergé de Lloth, et elle se délecterait en découvrant la souffrance qui ravagerait le ténébreux guerrier. Cette sadique s'en donnerait à cœur joie !

Darkhan ravala un sanglot. Il préférait mourir cent fois de la pire manière plutôt que d'assister au supplice d'Assyléa. Son estomac s'agita, menaçant de déborder. Il fallait qu'il tente quelque chose, n'importe quoi pour éviter à son amie elfe de mourir à petit feu.

— Assyléa… ? croassa-t-il, au bord de la nausée. Assyléa, réveille-toi ! Je t'en supplie.

— Laisse-la donc tranquille ! ordonna une grosse voix qu'il reconnut aussitôt comme celle de leur agresseur.

Surpris, Darkhan plissa les yeux et scruta les ténèbres à la recherche de son geôlier. Ce fut avec stupéfaction qu'il vit arriver deux solides gaillards. Leur peau noire et leur regard écarlate ne laissaient aucun doute quant à leur origine, mais, curieusement, ces drows n'avaient rien en commun avec les habituels mercenaires de Lloth. À commencer par leurs cuirasses usées et rapiécées de sous lesquelles dépassaient des frusques douteuses. Darkhan s'empressa de les interpeller.

— Qui êtes-vous ? Où sommes-nous ? Pourquoi nous avoir enlevés ?

— Tu poses trop de questions, l'ami ! rétorqua le plus costaud des deux pendant que son acolyte s'approchait d'Assyléa avec des yeux brillants.

Le cœur de Darkhan bondit dans sa poitrine.

— Laissez-la ! rugit-il. Je vous en supplie, laissez-la tranquille ! Je vous dirai tout ce que vous voulez savoir, je répondrai à toutes vos questions, vous pourrez même me torturer tant que vous en aurez envie. Par Eilistraée, je vous en supplie !

Les deux types se figèrent et échangèrent un regard inquiet.

— Qu'est-ce qui te prend d'invoquer la fille de Lloth ? gronda le plus vieux, suspicieux.

Darkhan déglutit avec peine. Il venait de se trahir ! Par la même occasion, en cherchant à tout prix à protéger Assyléa, il avait peut-être exacerbé le sadisme des gardes qui s'en prendraient d'abord à elle juste pour le contrarier. Quitte à perdre la vie, Darkhan décida d'en rajouter pour faire enrager les deux drows, afin qu'ils passent d'abord leur colère sur lui.

— Lloth n'est qu'une abomination démoniaque ! cracha-t-il avec véhémence. Je hais cette déesse avide de sang qui conduit notre peuple à l'autodestruction. Maudit soit son nom ! Maudits soient ceux qui la servent ! Vive Eilistraée !

Les deux types le fixèrent, incrédules. Peut-être étaient-ils paralysés par l'audace du blasphémateur. Pourtant leurs regards semblaient curieusement dénués d'animosité. Le plus âgé se pencha vers son camarade pour lui souffler quelque chose à l'oreille. L'autre acquiesça vivement. Ils firent aussitôt demi-tour et disparurent dans l'obscurité.

Dérouté par le comportement de ses geôliers, Darkhan demeura un moment perplexe. Il s'attendait à ce que les drows lui sautent à la gorge et lui fassent ravaler ses provocations, au lieu de quoi ils s'éclipsaient sans un mot.

Pour passer le temps en attendant leur retour, le guerrier tenta à nouveau de réveiller sa compagne, mais la drow ne réagissait pas à ses paroles. Si Darkhan n'avait pas vu sa poitrine se soulever faiblement, il aurait pu croire qu'elle était morte. Cette seule pensée raviva la douleur qui lui martelait le cœur.

— Assyléa, je t'en prie, tiens bon ! Je vais te sortir de là, je te le promets, finit-il par murmurer, en essayant de croire en ses propres paroles.

Une porte claqua quelque part. Des cliquetis métalliques comme ceux d'une épée frottant sur une cotte de mailles tirèrent Darkhan de son apathie. Le guerrier se raidit, convaincu que les prochaines minutes seraient ses dernières. Il inspira profondément, prêt à affronter ses adversaires.

Soudain, le visage du drow qui avançait dans sa direction lui apparut nettement et le choc le foudroya comme une décharge électrique, le laissant muet de stupeur. L'autre semblait aussi abasourdi que lui.

— Darkhan ! C'est bien toi ? fit le drow en s'approchant.

— Père ? Mais... mais... balbutia Darkhan. Par la déesse, c'est impossible. Je suis en train de rêver !

— Pas du tout ! s'esclaffa Sarkor en s'empressant de libérer son fils aîné pour le serrer contre lui. Ça, alors ! Si on m'avait dit que mes hommes tomberaient sur toi et sur…

— Assyléa ! compléta Darkhan. Tu te souviens ? La jeune drow que nous avons libérée des griffes de Lloth. Tu sais qu'elle est devenue la meilleure amie de Luna ?

— Que faisiez-vous ici ? s'enquit Sarkor en déverrouillant les menottes qui entravaient la prisonnière. Je veux dire, comment êtes-vous entrés dans Rhasgarrok et pourquoi erriez-vous en ville malgré le couvre-feu ? C'était de la folie ! Vous avez eu une chance extraordinaire de tomber sur une de mes patrouilles plutôt que sur une de Zélathory.

Avant de lui répondre, Darkhan s'empressa de soutenir Assyléa, toujours inconsciente, pour la prendre avec douceur. Ce ne fut qu'une fois la jeune fille dans ses bras qu'il raconta à son père l'inquiétude d'Hérildur, qui leur avait ordonné de partir à sa recherche. Il lui narra leur périple, sans oublier leur passage par Castel Guizmo, le tunnel souterrain de Babosa et la traîtrise du nain.

— Je t'avoue que je suis bien content d'avoir retrouvé l'usage de mes jambes ! plaisanta Darkhan, tout en suivant son père vers des lieux plus accueillants.

— Ça ne m'étonne guère que vous soyez tombés sur ce genre d'individu. En quelques mois, Rhasgarrok est devenue plus dangereuse et agitée que jamais. Mais ici, vous ne craignez rien.

— Où sommes-nous ?

— En sécurité, répondit laconiquement Sarkor. Tu sais que tu as sale mine, toi ? Tu vas me faire le plaisir de te reposer et de te restaurer un peu, pendant que mes amis s'occuperont de cette jeune personne. Après, nous aurons une longue conversation. Je crois que nous avons beaucoup de choses à nous raconter, fils !

Il fallut trois jours de soins attentifs, de décoctions d'herbes médicinales et d'incantations magiques pour faire sortir Assyléa du profond coma où s'était réfugié son esprit afin de fuir la douleur et la peur. Darkhan qui n'avait quitté son chevet que pour discuter avec son père et ses amis fut grandement soulagé de la voir enfin ouvrir les yeux.

— Assyléa ! s'écria-t-il en lui offrant son plus beau sourire. Comment te sens-tu ?

— Oh ! J'ai l'impression d'avoir été piétinée par un troupeau de pégases, trouva-t-elle la force de plaisanter. J'ai des courbatures partout. Et toi ?

— Si tu savais comme je suis heureux de voir que tu vas mieux ! J'étais très inquiet, tu sais.

— Où sommes-nous ? s'enquit la jeune fille en promenant ses yeux autour d'elle.

— Chez Sarkor !

— Hein ? sursauta Assyléa. Qu'est-ce que tu me racontes ?

— Accroche-toi bien, tu n'es pas au bout de tes surprises ! Mais avant, bois cela. Et mange ces fruits. Il faut que tu retrouves tes forces.

Il lui tendit un verre rempli d'un liquide blanchâtre. Assyléa ne rechigna pas. Dès qu'elle fut restaurée, Darkhan entreprit de tout lui raconter.

— Il y a six mois, après que nous l'ayons laissé dans la cité souterraine, Sarkor a erré des jours entiers à la recherche d'Halfar. Comme tu le sais, Rhasgarrok est immense et ses ramifications sont innombrables. C'était comme d'essayer de trouver une aiguille dans une botte de foin. Une semaine après, la nouvelle de la mort de matrone Zesstra est tombée comme un couperet. Les drows auraient pu se réjouir, mais les mesures drastiques qu'a prises Zélathory, suivies de raids punitifs extrêmement sanglants, ont fait planer sur la ville un véritable vent de panique. Si la mère était sans pitié, apparemment la fille est autrement plus féroce et sadique. Sous peine de se faire arrêter et torturer, Sarkor a dû se résoudre à respecter le couvre-feu. Pourtant son enquête n'avançait guère. Surtout qu'il passait son temps à chercher un abri, puisque son unique refuge, l'auberge du Soleil Noir, avait été rasé.

Le visage d'Assyléa s'assombrit. Une bouffée de remords la submergea. C'était à cause d'elle si l'établissement et sa bienveillante patronne n'existaient plus. Loin d'imaginer son trouble, Darkhan poursuivait son récit :

— Enfin, il y a de cela presque cinq mois, croyant tenir une piste sérieuse à propos d'arènes illégales où se battaient des adolescents, Sarkor est tombé sur une patrouille. Heureusement pour lui, c'était Edryss, son ancienne amie aubergiste, qui était à la tête de la dizaine de mercenaires.

— Elle n'était pas morte ? s'étonna Assyléa, grandement soulagée.

— Non. Et, le plus incroyable, c'est qu'Edryss avait suffisamment confiance en mon père pour l'intégrer à sa petite communauté.

— À sa quoi ?

— Aussi étrange que cela puisse sembler, le culte d'Eilistraée est loin d'être mort, tu sais ! Edryss est à la tête d'une centaine d'adeptes qui prient quotidiennement la déesse avec ferveur. Tout cela dans le plus grand secret, évidemment. Régulièrement, ses hommes parcourent la ville au mépris du danger et ramènent de plus en plus de drows qui en ont assez de vivre dans la terreur et la haine. Ils forment une communauté solide, unie et fraternelle, qui mise sur l'entraide pour survivre.

— C'est stupéfiant, souffla Assyléa, fascinée.

— Le plus ahurissant, c'est qu'il y a environ quinze jours la déesse est carrément entrée en contact avec Edryss. Elle lui a même révélé l'existence d'un tunnel très ancien qui file droit vers l'est en direction des montagnes Rousses. Depuis, tous les membres de la communauté se relaient pour déblayer la voie dans l'intention de quitter définitivement Rhasgarrok.

— Une communauté de bons drows... répétait la jeune fille comme pour elle-même. C'est comme un rêve qui devient réalité !

— Exactement, confirma Darkhan en s'emparant de la main d'Assyléa pour la serrer avec ferveur. Et tu sais la meilleure ? Sarkor veut conduire cette communauté à Laltharils.

Assyléa ouvrit de grands yeux étonnés.

— Tu crois qu'Hérildur acceptera ? C'est vrai qu'il m'a accueillie de bon cœur, mais une centaine de drows, c'est autre chose, non ?

— On verra bien, fit Darkhan en haussant les épaules. C'est surtout l'esprit de Ravenstein qu'il faudra convaincre.

— Et ton frère, au fait ? demanda Assyléa en se redressant. Sarkor a-t-il fini par retrouver sa piste?

— Toujours aucune nouvelle, concéda Darkhan, dépité.

Une bouffée de culpabilité envahit Assyléa, qui baissa les yeux. Lorsqu'elle posa à nouveau son regard sur Darkhan, il la regardait avec une intensité bouleversante.

— Tu m'en veux beaucoup ? murmura-t-elle dans un souffle.

— De quoi… ?

— Pour tout le mal que j'ai pu faire à ta famille ! soupira Assyléa. Jamais je n'aurais dû obéir à matrone Zesstra. J'aurais dû mourir plutôt que d'accepter d'enlever Luna ! C'est de ma faute si Halfar est parti à sa recherche. Tu me détestes, n'est-ce pas ?

— Absolument pas, Assyléa ! rétorqua Darkhan, incrédule. Qu'est-ce qui a bien pu te faire croire une chose pareille ?

La belle drow haussa les épaules, le regard humide.

— Pendant tout le trajet, tu m'as à peine adressé la parole. Tu semblais tellement en colère contre moi…

— Oh, Assyléa ! gémit le guerrier en caressant la joue anthracite de la jeune fille. C'est vrai que je me suis montré fort désagréable tout au long de notre voyage. J'en suis désolé… Tu méritais tellement mieux qu'un compagnon bougon et taciturne. Ce n'était absolument pas parce je t'en voulais.

— Ah bon ?

— Au contraire…

— Comment cela ? lâcha la jeune fille, en écarquillant les yeux.

— J'avais tellement peur que… qu'il t'arrive quelque chose !

Assyléa sentit son pouls s'accélérer. Haletante, elle planta ses prunelles roses dans le noir absolu de celles de Darkhan. Ils restèrent de longues secondes à se perdre dans le regard de l'autre, communiant en silence.

Soudain, la porte de la petite chambre s'ouvrit à la volée sur un Sarkor surexcité.

— Le couvre-feu est levé ! brailla-t-il en gesticulant comme un fou. Des affiches ont été placardées dans toute la ville annonçant l'intronisation imminente de matrone Zélathory !

Darkhan resta bouche bée.

— C'est une bonne nouvelle, ou non ? s'enquit-il, l'air soucieux.

— Edryss pense que nous devons fuir au plus vite ! Bientôt, toute la ville grouillera de milliers d'adorateurs fanatiques prêts à sacrifier le premier venu sur l'autel de Lloth pour s'attirer ses faveurs. Quand viendra l'heure de l'intronisation, mieux vaut que nous soyons loin. Le plus loin possible de la folie sanglante qui s'abattra sur la cité.

— Et Halfar, alors ? rétorqua Darkhan.

Sarkor soupira, le visage empreint d'une tristesse infinie.

— Crois-moi, mon fils, j'ai tenté tout ce que j'ai pu pour retrouver ton frère, mais j'en suis arrivé à la conclusion que... qu'il... qu'il n'était plus de notre monde. Mes mots vont peut-être te choquer, mais je pense que le temps est venu pour nous de renoncer et de quitter Rhasgarrok.

Bouleversé, Darkhan détourna son regard pour dissimuler son chagrin. Même la main fraîche d'Assyléa sur sa nuque ne put apaiser sa souffrance.

14

Pas une seule des paroles échangées entre l'empereur et son premier ministre n'avait échappé aux deux espionnes cachées derrière la vitre sans tain.

À présent, Nélyss et Luna, silencieuses, observaient Avalior, seul dans son immense lit.

Le choc de l'attaque imminente des dragons semblait l'avoir plongé dans une profonde catatonie. Son grand corps trop maigre se balançait doucement d'avant en arrière, son regard vide fixait les flammes des bougies sans les voir, sa bouche entrouverte laissait s'échapper un filet de bave. Son esprit s'était déconnecté d'une réalité trop difficile à assumer. À la mort de son épouse, le vieil avariel était parvenu à vaincre la léthargie qui avait failli l'emporter, mais cette fois c'était le coup de grâce. N'ayant plus l'énergie ni la volonté de lutter, il attendait la mort comme une délivrance.

Ce fut Luna qui rompit le silence la première.

— Nélyss, c'est affreux ! bredouilla-t-elle à voix basse. Que va-t-il se passer, maintenant ? Sans la protection d'Abzagal, vous n'avez aucune chance de survivre à une attaque des dragons.

Mais lorsque l'elfe de lune rencontra le regard de son amie, elle resta déconcertée devant l'étrange lueur de joie qui dansait dans ses yeux.

— Nélyss ! On dirait que cette nouvelle te fait plaisir ! s'offusqua Luna, choquée.

— Absolument pas ! rétorqua vivement Nélyss en attrapant le poignet de l'adolescente pour lui faire rebrousser chemin. Mais je connais peut-être un moyen d'empêcher les dragons d'attaquer Nydessim !

— Oh ! Tu fais allusion aux aigles géants, comme l'a suggéré Rhazal ?

Nélyss éclata d'un rire plein de mépris.

— Rhazal n'est qu'un minable guerrier ! Une brute sans cervelle. Alors que, moi, je suis une penseuse. Et mon plan vaut toutes les armes du monde !

En la suivant dans le long couloir secret qui reliait les deux appartements impériaux,

Luna se rappela les paroles de Thyl au sujet de l'origine de la vestale. Elle trouva le moment opportun pour lui demander des précisions.

— Je croyais que tu avais toi-même des ancêtres guerriers ?

Nélyss se figea brusquement et dévisagea l'adolescente, les narines pincées.

— C'est Thyl qui t'a raconté ça, n'est-ce pas ! devina-t-elle aussitôt, contenant sa fureur. Sache que le fait d'être une métisse ne fait pas de moi une traîtresse, comme il te l'a sans doute suggéré ! C'est vrai que mon père était un guerrier. Je ne le nie pas. Mais c'est ma mère qui m'a élevée et mon cœur restera toujours fidèle à ma caste maternelle. Je n'ai qu'une idée en tête : sauver Nydessim et son peuple.

Luna sentit la honte lui monter aux joues. Elle était effectivement mieux placée que quiconque pour savoir qu'être sang-mêlé attisait bien des rancœurs et des médisances. Elle regretta aussitôt d'avoir cédé à la facilité.

— Désolée, Nélyss, je ne voulais pas…

— Inutile de t'excuser, Luna, ce n'est pas à toi que j'en veux, mais à cet imbécile de Thyl ! Tu vas m'accompagner jusqu'au pic tordu. Tu verras que mon idée est géniale.

— Au pic tordu ?

— Ce n'est pas très loin d'ici. Dépêche-toi d'aller remettre tes bottes et ta cotte de mithril.

Prends dans mes coffres de quoi te couvrir chaudement ! Je crois qu'une tempête de neige s'annonce et l'air est encore plus glacial que d'habitude.

— Et toi ? s'étonna Luna. Tu n'as que ta cape, et elle semble si fine !

— Ne t'inquiète pas pour moi. Les avariels peuvent résister aux plus grands froids et ma cape est enchantée, rappelle-toi !

Lorsque Nélyss s'élança de la verrière, l'aube grise peinait à dissiper les ténèbres. Les lourds nuages noirs étaient saturés d'humidité et déjà les premiers flocons de neige s'abattaient sur la cordillère, recouvrant d'un blanc encore plus pur les sommets enneigés.

Emmitouflée dans un manteau en duvet d'aiglon, coiffée d'un épais bonnet et munie de gants chauds, Luna s'accrochait solidement aux bras de son amie. Seuls ses yeux dépassaient et scrutaient l'immense étendue vierge qui s'étalait sous ses pieds ballants.

La vestale ayant refusé de lui donner des précisions sur son plan mystérieux, Luna trépignait d'impatience. Pendant qu'elle volait vers une destination inconnue, son cerveau en ébullition échafaudait des dizaines de scénarios désespérés pour sauver Nydessim, mais aucun ne paraissait réalisable. Impossible de prévenir

Abzagal de l'imminence de la catastrophe. Impossible également d'appeler Hérildur à la rescousse. Luna avait bien essayé d'entrer en contact avec l'esprit de Ravenstein, mais la forêt, probablement trop éloignée, n'avait pas entendu ses suppliques. Même la bienveillante Eilistraée restait sourde à ses prières.

Luna était toute seule au pays des dragons. Sa seule chance de sauver ce qui pouvait encore l'être reposait entre les mains de Nélyss.

Lorsque l'avarielle amorça finalement sa descente, la violence des bourrasques avait encore augmenté. Entre les flocons glacés, Luna avisa la gueule béante et sombre d'une grotte dissimulée par un surplomb rocheux biscornu. Le fameux pic tordu.

Dans un dernier effort, Nélyss agita ses ailes avec l'énergie du désespoir et se précipita droit vers l'immense cavité. Là, une fois à l'abri de la tourmente, elle s'écroula dans un gémissement plaintif, morte d'épuisement. Luna encaissa le choc d'un atterrissage brutal mais se releva aussitôt pour porter secours à son amie qui gisait inconsciente, à la fois désolée de l'avoir obligée à dépasser ses limites et terriblement inquiète pour sa santé. Son inquiétude avait aussi quelque chose à voir avec son propre sort, car si la vestale n'avait plus la force de repartir, elles seraient toutes les deux bloquées là pour l'éternité. Personne ne viendrait jamais les sauver. Au moins échapperaient-elles à la fureur des dragons.

Soudain, une terrible pensée traversa son esprit. Et si l'avarielle avait tout simplement voulu fuir ? « Non, cornedrouille ! se morigéna Luna. Nélyss n'est pas comme ça ! »

— Écarte-toi donc, petite terrestre ! maugréa une voix nasillarde dans son dos. Tu vois bien que ton amie a besoin de soins. Allez, ouste, du vent !

Lorsque Luna fit volte-face, sa mâchoire se décrocha et elle cessa de respirer sous le choc de la surprise. Elle se trouvait nez à nez avec une vieille drow au regard pourpre.

Hoquetant de surprise autant que d'horreur, Luna recula vivement.

La vieillarde ignora la réaction d'effroi de l'adolescente et se courba au-dessus du corps inanimé de Nélyss. Avec des gestes d'une étonnante douceur, elle lui renversa la tête en arrière pour glisser entre ses lèvres le contenu d'une petite fiole.

Luna regardait la scène avec ahurissement. Soudain, elle avisa les ailes dans le dos de la drow. Des ailes décharnées, déplumées, presque atrophiées, mais des ailes tout de même... Se pouvait-il que cette drow soit une... sang-mêlé ?

— Mon père était un avariel et ma mère une elfe noire ! confirma la vieille comme si elle venait de lire dans les pensées de Luna. Pitoyable résultat, non ? Tiens, voilà Nélyss qui revient à elle… Comment te sens-tu ?

— Ça va mieux. Merci, Zéhoul, bredouilla Nélyss en prenant appui sur son coude. Oh, j'ai l'impression que j'ai légèrement surestimé mes forces. Je ne pensais pas que porter Luna serait aussi difficile…

— Tu as été imprudente, oui ! lui reprocha la drow en jetant un coup d'œil peu amène vers l'intruse. Qu'est-ce qu'une elfe de lune fiche dans mon domaine ?

En soupirant, Nélyss se releva lentement.

— Ah, je vois que vous avez fait connaissance… constata-t-elle en plissant son front soucieux. Luna, je te présente Zéhoul, la gardienne.

— La gardienne de quoi ? s'écria aussitôt l'elfe de lune.

— De la dernière…

Mais avant que l'avarielle ait terminé sa phrase, la vieille l'interrompit avec véhémence.

— Garde ta langue ! Nos affaires ne la regardent en rien ! rétorqua-t-elle en crachant rageusement sur le sol. Ce n'est qu'une terrestre !

— Cette terrestre, comme tu dis, est tout de même l'envoyée d'Abzagal ! se fâcha Nélyss en pesant ses mots. Nous ne pouvons pas agir sans elle ! De plus, le temps est venu d'emmener ta protégée à Nydessim.

Les regards pleins de sous-entendus qu'échangèrent les deux avarielles n'échappèrent pas à Luna, même si pour le moment elle ne savait pas comment les interpréter. Nélyss s'approcha d'elle en souriant.

— N'aie pas peur, Luna ! Zéhoul ronchonne beaucoup, mais elle n'est pas méchante. La solitude de l'exil l'a rendue amère. Pourtant, voilà des centaines d'années qu'elle veille sur la dernière dragonne.

— Hein ? sursauta Luna, stupéfiée, sans parvenir toutefois à savoir laquelle des deux informations la subjuguait le plus, que la sang-mêlé ait plus de cent ans ou qu'elle cache ici même une femelle dragon.

Des tonnes de questions se bousculaient dans son esprit, mais aucune ne parvint à franchir le seuil de ses lèvres. Nélyss la prit alors par le coude pour l'entraîner dans les profondeurs de la grotte, sous le regard courroucé de la vieille drow.

— Tu vas voir, lui promit la vestale. Elle est magnifique !

— Mais je ne comprends pas bien en quoi cette… créature peut t'aider à sauver Nydessim. Enfin, c'est une dragonne ! C'est une représentante de vos ennemis héréditaires !

— Détrompe-toi, Luna. Nayalaah est une dragonne solitaire. Elle n'appartient pas au troupeau. Lorsque Zéhoul, alors en exil, l'a trouvée, elle était très gravement blessée. Après des années de soins attentifs, elle a appris à faire confiance à sa gardienne. Depuis, un lien indéfectible les unit l'une à l'autre. Maintenant, le temps est venu pour elle de nous venir en aide comme Zéhoul l'a fait pour elle jadis. Nous allons la conduire à Nydessim !

— Quoi ? s'écria Luna en ouvrant des yeux ronds. Si c'est la dernière femelle de son espèce et que tu l'amènes là-bas, les dragons vont la sentir et se jeter sur la citadelle pour la délivrer. C'est du suicide !

— Pas du tout ! répliqua Nélyss, vaguement amusée par la logique de Luna. Les dragons vont effectivement sentir leur congénère, mais ils ne sont pas fous. Jamais ils ne prendront le risque de mettre à sac la forteresse où se tapit l'unique chance de survie de leur espèce. Au contraire, ils seront prêts à tout pour avoir la possibilité de s'accoupler avec Nayalaah, même à signer un pacte par lequel ils s'engageront à abandonner définitivement Nydessim !

Luna s'arrêta pour dévisager Nélyss.

— C'est donc ça, ton plan ! s'exclama-t-elle, admirative. Un traité de paix !

— Exactement ! fanfaronna la vestale en éclatant de rire. La paix sans effusion de sang. Rhazal peut retourner se coucher, avec ses aigles géants et ses ardeurs belliqueuses !

Alors que les deux jeunes filles s'enfonçaient au cœur de la roche, un grondement sourd remonta des entrailles de la terre, faisant trembler la montagne tout entière. La vieille drow ailée les dépassa avec précipitation.

— Elle vous a senti, ronchonna-t-elle. Mieux vaut que je passe devant.

Luna la laissa prendre la tête, pleine d'appréhension.

Soudain, un doute s'empara d'elle.

— Dis, Nélyss, tu n'as pas peur qu'en voyant arriver la dragonne au-dessus de la ville, Rhazal n'envoie ses troupes pour l'attaquer et la tuer ?

— Nous ferons le voyage de nuit, précisa Nélyss. Grâce à la magie de Zéhoul, Nayalaah passera inaperçue.

Après un détour, le tunnel déboucha sur une seconde caverne encore plus grande que la première. Un rugissement assourdissant, terrible, effroyable, résonna dans l'antre de la dragonne. Pourtant, ni Nélyss ni Zéhoul ne parurent effrayées.

— Nayalaah te salue, petite terrestre ! ricana la sang-mêlé avec un sourire mauvais.

Tremblante comme une feuille, Luna s'approcha lentement de la bête tapie dans l'ombre.

Dès qu'elle la vit, un vertige s'empara d'elle. Son cœur s'arrêta de battre. Les écailles de la redoutable dragonne étaient noires. Noires comme les ténèbres. Noires comme celles de la créature de son cauchemar. Celle qui se jetait sur elle pour la dévorer vive.

Luna fut alors envahie par un mauvais pressentiment. Un très mauvais pressentiment.

15

Luna se réveilla en sursaut, le front moite, les cheveux collés par la sueur. Elle se redressa sur un coude pour constater, effarée, qu'elle n'était plus dans la caverne avec Nélyss, Zéhoul et l'impressionnante dragonne, mais dans la chambre de la vestale, à Nydessim !

Comment pouvait-elle se retrouver ici alors qu'il y avait seulement quelques minutes encore elle était dans une immense grotte très loin de la citadelle avarielle ? C'était du moins l'impression qu'elle avait. C'était tout simplement impossible ! À moins que… Et si tout cela n'avait été qu'un long rêve ?

Assise au milieu des draps humides, Luna tenta de faire le point. Les mains plaquées sur ses tempes brûlantes, elle se plongea dans ses souvenirs.

Elle se rappelait parfaitement son cauchemar, dans lequel un horrible dragon noir fondait sur elle ; Nélyss l'avait brusquement réveillée pour aller espionner l'empereur ; là, elles avaient assisté à la discussion entre Rhazal et Avalior et appris la terrible nouvelle de l'attaque imminente des dragons ; la réaction de Nélyss ne s'était pas fait attendre : elle lui avait ordonné de s'habiller chaudement et l'avait emmenée jusqu'à cette drôle de montagne, le pic tordu, où Luna avait fait la connaissance de l'inquiétante Zéhoul et de sa non moins inquiétante protégée.

Puis, plus rien. Plus aucun souvenir. Le vide. Le néant. Et voilà qu'elle se réveillait à Nydessim. Finalement, avait-elle seulement rêvé tout ça ?

Ces images étaient si précises, si nettes ! En songeant aux écailles noires de la terrifiante dragonne, un frisson d'angoisse la parcourut. La créature ressemblait tant au dragon de son premier cauchemar… Et si tout était lié ? Peut-être Luna avait-elle seulement rêvé que Nélyss la tirait de son cauchemar. Auquel cas, tous ses pseudo-souvenirs n'étaient que le prolongement de son rêve initial !

Son esprit avait-il pu inventer tout ça ? Zéhoul et Nayalaah n'existaient-elles que dans sa tête ? Luna avait-elle déliré ou s'agissait-il au contraire d'une horrible prémonition ? Devait-elle en parler à Nélyss lorsque celle-ci rentrerait ?

Agacée par toutes ces interrogations sans réponses, Luna sauta hors du lit, mais un violent vertige l'empêcha d'atteindre la porte. L'adolescente s'immobilisa pour ne pas tomber et ferma les yeux en attendant que le malaise se dissipe. Pourtant son cerveau qui tournoyait dans une spirale effrénée ne semblait pas vouloir s'arrêter. Luna recula à tâtons et se rassit sur le lit, pantelante.

Après quelques secondes, elle rouvrit enfin les yeux et aperçut sur la table de chevet un restant de jus de fruit dans la carafe. Elle le but d'un seul trait et engloutit trois galettes aux fruits secs. Elle se rendit alors compte à quel point elle était affamée. Son malaise était sans doute dû au fait qu'elle n'avait presque rien mangé la veille.

Une fois rassasiée, elle fit une seconde tentative : elle se leva et se dirigea vers la porte, mais son regard fut attiré par un tas de vêtements informe au pied du lit. Elle s'en approcha et se figea. Il y avait là un épais manteau en duvet d'aiglon, des moufles, un gros bonnet et, tout en dessous, ses propres bottes ! Luna avait sous les yeux la confirmation qu'elle n'avait pas rêvé. Elle baissa la tête et constata effectivement qu'elle portait encore son armure de mithril ! Luna était sidérée de ne pas s'en être rendu compte plus tôt. Toutefois, si cette prise de conscience la stupéfiait, elle la rassurait également : son esprit n'avait pas divagué. Luna s'était effectivement rendue dans cette grotte. La dragonne noire n'était pas le simple fruit de son imagination, elle existait bel et bien.

Des dizaines de questions se bousculèrent dans la tête de l'adolescente. Nélyss avait-elle mis son plan à exécution ? Zéhoul avait-elle profité de la nuit pour conduire Nayalaah à Nydessim ? Les dragons allaient-ils accepter de négocier un traité de paix ? Et elle, comment avait-elle atterri dans les appartements de l'impératrice ? Avait-elle été ensorcelée, droguée, puis transportée ici à son insu ? Par Nélyss ?

Un sentiment de colère l'envahit.

Vexée d'avoir été manipulée, Luna se dépêcha d'enfiler ses vêtements chauds et sortit en trombe de la chambre, bien décidé à demander des comptes à Nélyss.

Elle se dirigeait sans hésiter dans les couloirs baignés de lumière bleutée qu'elle commençait à bien connaître quand soudain un tremblement d'une violence inouïe secoua tout l'édifice. Luna perdit l'équilibre et fut projetée contre un mur. C'est alors qu'un cri assourdissant lui déchira les tympans.

Tétanisée par la peur, Luna se recroquevilla sur elle-même, attendant une deuxième secousse qui ne vint pourtant pas. Tremblante, l'adolescente se releva en prenant appui contre la paroi et décida néanmoins de poursuivre jusqu'à la verrière. Elle n'en était plus qu'à quelques mètres quand une brusque rafale glacée lui fouetta le visage... Un horrible doute s'empara d'elle. Après le dernier virage, Luna parvint enfin sur le seuil de la verrière et poussa un cri de stupeur. L'immense baie avait été en grande partie fracassée. Des tourbillons de neige virevoltaient dans la pièce où brillaient des milliers d'éclats de verre dans la lueur ténue de l'aube.

— Par Eilistraée ! murmura Luna en frissonnant. Qu'est-ce qui a bien pu se produire ?

Soudain, la monstrueuse silhouette d'un dragon surgit dans le ciel, obscurcissant complètement la pièce. Avec ses écailles pourpres et ses ailes démesurées, il était majestueux. Subjuguée par sa magnificence, l'elfe l'admira, incapable du moindre mouvement, comme hypnotisée. Soudain, la collerette d'aiguillons empoisonnés du dragon se déploya autour de sa tête, écarlate et splendide, pendant que son énorme gueule s'ouvrait sur une rangée de crocs monstrueux. Luna comprit qu'elle devait fuir, mais déjà la créature fonçait vers elle. Un nouveau pan de la verrière éclata sous l'impact dans un fracas assourdissant. Le dragon, trop affamé pour mesurer ses gestes, déchira l'une de ses ailes sur un tesson plus acéré que les autres. Un jet de sang noirâtre aspergea le tapis immaculé du salon, tandis que la créature hurlait de douleur. Furieux, le dragon détourna son regard l'espace d'une seconde. Jugeant sa blessure bénigne, il reporta à nouveau son attention vers sa misérable proie, prêt à n'en faire qu'une bouchée. Mais la petite mortelle avait disparu ! Incapable de la suivre dans ces couloirs trop exigus, le monstre poussa un rugissement de rage qui fit trembler le palais impérial et cracha un impressionnant jet de flammes, incendiant tout ce qui se trouvait à sa portée.

Terrorisée, la jeune fille fuyait désespérément vers la sortie. Elle venait de se rendre compte que l'attaque tant redoutée était en train de se produire ! Les dragons avaient envahi le ciel de Nydessim et, comprenant que cette fois Abzagal n'aiderait pas ses protégés, ils s'en donnaient à cœur joie et éliminaient allègrement les avariels impuissants.

Que faisait donc Nélyss ? Où était-elle ? Et la dragonne ? Ne devait-elle pas servir de monnaie d'échange ? Les dragons avaient-ils refusé de perdre Nydessim pour une simple femelle ? C'était pourtant leur survie qui en dépendait.

Le cerveau de l'adolescente bouillonnait encore lorsqu'elle arriva devant les doubles portes des appartements impériaux. En découvrant qu'elles étaient verrouillées, Luna laissa échapper une plainte de désespoir. Son amie avait récupéré la clé de cristal ! Désormais, elle était enfermée ici avec un dragon déchaîné à ses trousses.

Elle pensa tout à coup à la petite porte dérobée par laquelle elle était sortie avec son déguisement. Luna ne se rappelait pas avoir vu Nélyss la refermer à clé.

Au moment où elle faisait demi-tour et se précipitait en direction de cette issue, une nouvelle secousse, encore plus violente que la première, ébranla toute la forteresse. Luna perdit l'équilibre, mais se releva presque aussitôt, effrayée par les hurlements de fureur qui provenaient de la verrière. Elle était presque certaine que d'autres dragons avaient rejoint le monstre déchaîné. Très vite, leurs jets de feu viendraient à bout des murs de glace. Les dragons pourraient alors pénétrer dans les appartements dévastés pour la poursuivre.

En courant vers la sortie, Luna passa devant la porte encore ouverte qui menait aux appartements d'Avalior. Elle changea de plan sur-le-champ et s'y glissa sans réfléchir pour s'enfoncer dans le long passage secret. L'idée était loin d'être stupide. Au moins, ici, les murs de pierre lui offraient une relative sécurité.

À bout de souffle, Luna parvint à la vitre sans tain et suffoqua de surprise en constatant qu'Avalior était encore couché. Allongé sur ses gros coussins, il semblait dormir paisiblement, insensible aux tremblements et aux hurlements qui secouaient sa citadelle. Pourtant, c'était tout son empire qui s'effritait et tombait en ruines autour de lui ! Personne ne l'avait donc prévenu ? Son fidèle Rhazal avait-il été tué en essayant de repousser les créatures ailées ?

Il fallait qu'elle en ait le cœur net. Et il était grand temps qu'elle s'entretienne enfin avec Avalior. Sans réfléchir aux conséquences de ses actes, Luna utilisa son pouvoir pour faire exploser la vitre et se précipita au chevet de l'empereur.

— Majesté ! s'écria-t-elle. Réveillez-vous, je vous en prie ! Les dragons attaquent votre…

Les mots moururent sur ses lèvres lorsqu'elle aperçut la balafre qui marquait le cou du vieil avariel. D'une oreille à l'autre béait une immonde plaie écarlate.

Luna hoqueta de terreur, une main plaquée sur sa bouche. Qui avait bien pu assassiner l'empereur ? Le meurtrier d'Arielle ? Et dans quel but ?

Épouvantée et consciente de se trouver au mauvais endroit, l'adolescente reculait déjà quand la porte de la chambre s'ouvrit brusquement sur un Rhazal livide et apparemment grièvement blessé.

— Encore toi ! s'exclama-t-il en grimaçant, sans doute de douleur. Que fais-tu ici, misérable terrestre, à importuner notre empereur ? Avalior n'a que faire des jérémiades au sujet d'un dieu qui nous a abandonnés. Dis-moi un peu ce que fait Abzagal, tandis que les dragons détruisent notre cité, hein ? Va-t-en d'ici pendant qu'il en est encore temps !

— Mais, Rhazal, gémit-elle, les larmes au bord des yeux, vous ne voyez donc pas que personne n'importunera jamais plus votre empereur. Il est... mort !

Le premier ministre dévisagea Luna avec incrédulité, comme s'il n'avait pas compris les mots terribles qu'elle venait de prononcer, comme si son cerveau était dans l'incapacité d'appréhender des paroles aussi définitives. Lentement, il tourna la tête et ses yeux se révulsèrent en apercevant la mortelle blessure. Il se précipita vers le vieillard en bousculant Luna au passage et saisit le poignet du moribond pour le relâcher aussitôt. Il secoua la tête et porta sa main à la vilaine balafre. Ses doigts effleurèrent le sang poisseux. Aussitôt, ses jambes se dérobèrent sous lui, refusant de le porter. Rhazal tomba à genoux.

— C'est la fin, se lamenta-t-il d'une voix défaillante. D'abord Arielle, ensuite Avalior… Nous sommes perdus ! Les dragons ont d'ores et déjà gagné. Sans nos souverains, nous ne sommes pas capables de les affronter. Je n'ai plus la force de continuer…

Compatissante, Luna s'approcha du guerrier pour lui toucher l'épaule.

— Non, Rhazal, tout n'est pas perdu. Nélyss a un plan pour sauver Nydessim. Il faut absolument…

Un grondement assourdissant l'empêcha de terminer sa phrase.

— Ils arrivent, murmura Rhazal. Si tu es vraiment la messagère d'Abzagal comme tu l'as prétendu, pars vite. Pars vite rejoindre ton dieu et dis-lui que tu as échoué, que nous avons tous échoué !

Une secousse encore plus violente que les précédentes ébranla tout le palais du vent. Quelque part, un mur s'effondra dans un vacarme indescriptible. Des cris de douleur résonnèrent comme autant de coups de poignard. Les dragons s'approchaient, inexorablement, semant la mort et la destruction sur leur passage.

Rhazal se releva péniblement et prit une grande inspiration. À son tour, il posa une main gantée sur l'épaule frêle de l'adolescente et vrilla son regard dans le sien.

— Écoute-moi bien, petite, je vais à mon tour te confier une mission. Tu vas te rendre dans la salle du bassin et récupérer le parchemin d'or. C'est notre unique relique sacrée. À la mort d'Arielle, elle a été remise à sa place et une nouvelle impératrice devait veiller dessus, mais nous n'avons pas eu le temps d'assurer la succession de la défunte. Sauve notre relique et ramène-la à Abzagal, pour qu'il sache que son peuple n'est plus !

Il souleva un épais rideau derrière la table de chevet.

— Maintenant, enfuis-toi ! lui ordonna-t-il. Par là !

Au même moment, un impressionnant coup de bélier fit trembler l'un des murs de la chambre impériale. Le lustre de cristal vacilla et s'écrasa lourdement au pied du lit, à seulement deux mètres de Luna.

— Va-t-en ! hurla Rhazal. Ils sont là !

Luna allait se précipiter dans le passage secret quand, au dernier moment, elle se tourna vers le guerrier qui brandissait déjà son épée.

— Rhazal, juste une question. Pourquoi ne pas m'avoir accusée de ce meurtre ?

Il lui adressa un sourire triste.

— J'y ai pensé, figure-toi, mais, pour être honnête, le sang est déjà coagulé depuis longtemps. Je crois finalement que je me suis trompé sur l'identité du meurtrier d'Arielle et que ce misérable a fini par avoir notre empereur. Tout est ma faute.

Le mur s'effondra brusquement et la gueule monstrueuse d'un dragon vert, hérissée de barbillons acérés, poussa un feulement de joie. Rhazal hurla à Luna de fuir et se précipita sur la créature en visant ses prunelles dorées. Un jet incandescent balaya la pièce, transformant le premier ministre en torche vivante et la somptueuse chambre en brasier ardent.

Luna était déjà loin. Elle fuyait au cœur de la citadelle pour accomplir son ultime mission.

16

Les heures qui suivirent l'annonce de l'intronisation imminente de matrone Zélathory furent les plus actives que la petite communauté de bons drows eût jamais connues. Chacun s'affaira selon ses capacités, en faisant preuve d'une diligence et d'une efficacité redoutables. D'aucuns s'employaient à déblayer l'ancienne galerie oubliée, d'autres à étayer les parois et à évacuer les gravats. Certains tâchaient de dénicher des vivres en quantité suffisante pour le long trajet qui les attendait, pendant que leurs congénères rassemblaient des armes pour permettre au groupe de parer à toute attaque impromptue. Même Assyléa, encore fébrile, rendit service en s'occupant des enfants dont les mères étaient occupées ailleurs.

En tant que nouvelle grande prêtresse d'Eilistraée, Edryss dirigeait toutes les opérations.

En fait, la drow aux yeux d'ambre aurait aimé pouvoir remettre en état la totalité de l'ancienne galerie pour qu'ils puissent s'éloigner le plus possible de Rhasgarrok et atteindre les montagnes Rousses, mais elle savait que sa troupe progresserait bien plus vite sur la plaine que dans le tunnel. Elle décida donc qu'il était judicieux d'abandonner l'ancien tracé souterrain pour creuser en direction de la surface. Ils feraient irruption dans la plaine la nuit même de la cérémonie d'intronisation de matrone Zélathory. Toute la ville serait alors en ébullition et personne ne ferait attention à cette colonne de drows qui s'échapperait en silence hors de la cité maudite.

Les préparatifs durèrent trois nuits et deux jours. À l'aube du troisième jour, Darkhan et Sarkor travaillaient déjà d'arrache-pied dans le tunnel quand un camarade, parti en ville pour troquer quelques frusques inutiles contre d'ultimes denrées alimentaires, vint à leur rencontre, un morceau de parchemin froissé dans le poing.

— C'est Edryss qui m'envoie… commença-t-il en dansant d'un pied sur l'autre, mal à l'aise.

— Qu'y a-t-il ? fit Sarkor en abattant lourdement sa pioche contre un rocher récalcitrant.

— L'intronisation a lieu ce soir !

— Parfait ! Dis-lui qu'on sera prêts ! Plus qu'un mètre ou deux et on atteindra la surface. Il n'y aura plus qu'à agrandir le trou pour que tout le monde puisse passer…

— Y'a autre chose aussi, l'interrompit l'autre en tendant l'affiche racornie. Tiens, lis !

Un brin énervé par ce contretemps inutile, Sarkor posa son outil, arracha le parchemin des mains de son camarade et le déchiffra rapidement. Son teint anthracite vira au gris crayeux. Son menton se mit à trembler, pendant qu'une rage dévorante enflammait ses yeux sombres.

— Que se passe-t-il ? s'alarma Darkhan.

— Regarde toi-même ! souffla un Sarkor livide en lui donnant le parchemin.

Il s'agissait d'un arrêté officiel annonçant le traditionnel tournoi des champions, qui aurait lieu l'après-midi même. Juste au-dessous des lettres capitales s'étalaient les portraits des six premiers guerriers qui s'affronteraient lors d'un duel à mort.

Darkhan reconnut immédiatement son frère !

Le jeune homme plaqua une main poussiéreuse sur sa bouche pour étouffer un juron. Ainsi, Halfar n'était pas mort. Enfin, pas encore...

Darkhan aussi avait connu l'enfer des arènes et il savait que, dans ce monde sans pitié, seuls les plus cruels avaient une infime chance de survivre. Les autres finissaient massacrés sous les huées d'une foule en délire, avide de sang. Toutefois, Halfar n'était qu'un adolescent. À leur niveau, les règles des duels n'étaient certainement pas aussi dures que pour les adultes…

— Rassure-toi, je crois que les plus jeunes ne se battent pas à mort.

— Tu ne comprends donc pas ! explosa son père en déchirant l'affiche. Il s'agit du tournoi des champions ! C'est une ancienne coutume que chaque matrone sur le point d'être intronisée se doit de respecter. Toutes les arènes de la ville vont présenter leurs meilleurs combattants, qui s'opposeront aux autres dans un combat impitoyable. Seuls les trois meilleurs auront la vie sauve.

— Trois ? Pourquoi cela ? s'enquit Darkhan en s'efforçant de contrôler l'émotion qui faisait trembler sa voix.

La réponse fut pire que celle à laquelle il s'attendait.

— Le plus costaud portera le titre honorifique de chef de la garde de matrone Zélathory, et le plus sadique deviendra son bourreau personnel. Quant au dernier, le plus perfide, il entrera dans la guilde des assassins pour recevoir une formation de choc. Disons que les duels procèdent à une sorte de sélection naturelle et qu'ainsi la nouvelle grande prêtresse s'assure les services des meilleurs combattants de la ville, avec la fidélité en plus. En effet, quelle promotion sociale incroyable pour les heureux élus ! Outre la récompense financière, assez conséquente d'ailleurs, ils obtiennent que leurs maisons respectives se trouvent anoblies et déménagent immédiatement dans la ville basse.

— Je vois, acquiesça Darkhan, la mine sombre.

Une longue minute de silence fit écho à cette terrible révélation.

— J'espère qu'Halfar mourra dès le premier tour ! décréta soudain Sarkor en écrasant une grosse larme et en se remettant à casser du caillou avec une violence décuplée. Ainsi il n'aura pas le temps de souffrir !

Darkhan sursauta devant tant de froideur, de défaitisme, de renoncement.

— Comment ? s'offusqua-t-il, outré. Tu vas laisser ton fils se battre, alors que nous pouvons encore empêcher ce drame ! Voilà plus de six mois que tu fais tout pour retrouver Halfar. Tu as même fini par le croire mort. Or, il est bel et bien en vie ! Ce n'est pas maintenant que tu vas abandonner, non ?

— C'est trop tard ! gronda Sarkor hors de lui. Halfar t'a toujours envié. Il a toujours rêvé d'être un héros, comme toi ! Pour une fois, il pourra faire ses preuves. Son rêve va devenir réalité, tu comprends ? Il sera acclamé. Je ne peux pas lui enlever ça !

— Mais il va mourir ! s'indigna Darkhan. Il faut empêcher ça ! Tu dois aller le chercher !

— Non, je ne le ferai pas ! objecta Sarkor, le visage fermé. Les champions seront inapprochables. Des centaines de gardes sont réquisitionnés pour les surveiller et empêcher toute tentative de tricherie ou d'évasion. Et, même si j'arrivais à le voir, il refuserait catégoriquement de me suivre, je le sais ! En plus, Zélathory comprendrait qu'il s'agit de mon fils, donc de son neveu, et se réjouirait de pouvoir nous tuer tous les deux. Quels beaux sacrifices pour son intronisation ! Même si c'est horrible à dire, je préfère qu'Halfar meure en se battant, comme le champion qu'il a toujours rêvé d'être, plutôt que sur l'autel de Lloth !

— Eh bien, moi, je refuse de le laisser mourir ! s'emporta Darkhan, fou de rage. Si tu n'as pas assez de cran pour aller sauver ton fils, reste ici ! Moi, je vais y aller !

— Darkhan, hurla Sarkor, je te l'interdis ! J'ai déjà perdu un fils, je refuse d'en perdre un autre ! Reste là ! De toute façon, il est déjà trop tard.

Comme Darkhan lui tournait le dos et s'éloignait déjà, Sarkor tenta le tout pour le tout :

— Si tu ne restes pas pour moi, fais-le au moins pour Assyléa ! Elle a besoin de toi !

Si son fils sembla ralentir l'espace d'une seconde, il ne s'arrêta pas pour autant. Sarkor lâcha sa pioche et s'effondra sur les gravats, le cœur brisé.

17

Terrifiée par les hurlements de désespoir et de souffrance qui hantaient la forteresse en flammes, Luna courait à en perdre haleine.

La jeune elfe ne comprenait pas bien l'importance de la mission que lui avait confiée Rhazal. Pourquoi voulait-il qu'elle récupère la relique sacrée des avariels pour la remettre à Abzagal ? Voulait-il inspirer au dieu un sentiment de culpabilité éternel ? Voulait-il au contraire sauver l'ultime souvenir d'une race au bord de l'extinction ? Si tel était le cas, pourquoi n'avait-il pas récupéré lui-même la relique ?

Rhazal était mort, maintenant. La mission dont il l'avait investie n'avait peut-être plus la moindre importance et le doute s'immisçait dans l'esprit de Luna. Mais le guerrier avait donné sa vie pour lui permettre de fuir et elle lui devait bien de respecter sa dernière volonté. N'eût été le sacrifice de Rhazal, elle serait morte carbonisée.

Le long tunnel déboucha sur une porte coulissante, cachée dans l'épaisseur d'un mur de glace. Luna la fit glisser et jeta alentour des coups d'œil affolés. Autour d'elle, des enfilades de couloirs vides partaient dans toutes les directions, des escaliers immenses s'élevaient vers les terrasses supérieures ou au contraire s'enfonçaient dans les profondeurs du bâtiment.

Où la fameuse salle du bassin pouvait-elle donc se trouver ? Luna hésita avant de s'élancer au hasard vers l'un des escaliers de glace, peut-être parce que les cris d'horreur qui lui parvenaient de cette direction semblaient moins forts. Elle dévala les marches translucides, dérapant plusieurs fois et manquant de glisser à chaque nouveau coup de bélier qui ébranlait l'édifice. Comme elle aurait aimé avoir des ailes et quitter ce sol qui la ralentissait ! Comme elle aurait voulu croiser quelqu'un qui puisse lui indiquer la direction du sanctuaire ! Mais elle ne rencontra pas âme qui vive. Le peuple des avariels se battait-il dans les cieux ? Les gens avaient-ils préféré fuir, ou étaient-ils déjà tous morts ?

Le cerveau enfiévré par ces funestes pensées, Luna sentit trop tard le danger arriver. Un grondement rauque la figea, faisant exploser son cœur en un millier d'éclats d'angoisse. Paralysée par la peur, elle vit sous ses pieds, à peine déformée par la glace, la silhouette massive et musculeuse d'un énorme dragon aux écailles grise. La bête avançait doucement, silencieusement, cherchant quelque proie à se mettre sous la dent. Apparemment, ses naseaux dilatés n'avaient pas encore détecté l'odeur alléchante de l'adolescente.

Tétanisée, Luna retenait sa respiration, consciente qu'au moindre mouvement ou bruit de sa part le dragon lèverait la tête et l'apercevrait. Il briserait la glace d'un coup de mâchoires et la happerait dans sa gueule fumante.

Si elle voulait s'en sortir, Luna devait attendre qu'il passe et qu'il s'éloigne. Elle devait prier pour qu'il ne décide pas de contourner l'escalier pour le gravir.

Tout à coup le sol se mit à vibrer et à trembler de plus en plus violemment. Luna agrippa la rambarde de toutes ses forces pour ne pas glisser. L'œil du dragon pivota aussitôt dans son orbite. Sa pupille écarlate se dilata. Son regard avide pénétra celui de l'adolescente, qui tressaillit.

Presque aussitôt, un hurlement agressif attira l'attention du monstre dans une autre direction. L'un de ses congénères accourait vers lui, gueule ouverte, ailes déployées. Voulait-il se battre ? Avait-il également repéré ou senti la petite proie ?

Quoi qu'il en fût, l'adolescente aux abois profita de la diversion pour s'élancer dans l'escalier et gravir les marches quatre à quatre. Juste à temps…

En dessous, les deux dragons avaient uni leurs souffles ardents pour faire fondre les marches de glace. À mesure que Luna fuyait, l'escalier s'évaporait, vaincu par l'incroyable puissance des flammes dorées.

Une fois parvenue sur la dernière marche, poursuivie par les deux créatures qui s'envolaient déjà à ses trousses, Luna se précipita à droite, vers un couloir en pierre qu'elle n'avait pas remarqué tout à l'heure. Jamais ses poursuivants ne pourraient l'atteindre là. Ils étaient bien trop costauds pour se glisser dans ce passage étroit.

Elle redoubla d'efforts et accéléra suffisamment pour se mettre à l'abri un coude plus loin quand la vague de feu frôla son dos pour s'écraser sur le mur d'en face. En luttant contre l'envie de pleurer et de hurler, l'adolescente détourna le visage et avisa une porte en hauteur, à une simple volée de marches d'elle. Ne cherchant qu'à fuir les deux monstres, elle se jeta sur la poignée, ouvrit précipitamment et claqua la porte derrière elle.

La morsure de la bise la plaqua brusquement contre le chambranle recouvert de givre. Luna se rendit compte, incrédule, qu'elle se trouvait sur l'une des nombreuses terrasses de la citadelle et qu'une tempête de neige faisait rage. On n'y voyait pas à trois mètres, tant les bourrasques blanches tourbillonnaient, épaisses et cotonneuses.

Prise de panique, Luna se retourna vivement vers la porte et chercha la poignée. Elle ne la trouva pas. Apparemment, la porte ne s'ouvrait que dans un seul sens.

Complètement transie malgré ses vêtements chauds, elle fit quelques pas sur la terrasse balayée par la tourmente, les yeux rivés sur le chaos meurtrier qui ensanglantait le ciel de Nydessim.

Partout, des hordes de guerriers luttaient contre les dragons déchaînés, grappes désorganisées et vite dispersées, fétus de paille consumés, corps éventrés, membres arrachés, tête séparée du tronc. Le spectacle était d'une violence inouïe, mais Luna ne pouvait en détacher son regard. Son cerveau engourdi n'était même plus capable de lui crier de fuir, de lui ordonner de fermer les yeux, de lui souffler de se mettre à l'abri. Son esprit n'était plus en mesure de réagir de façon appropriée.

Cependant, quand l'ombre dantesque se dressa devant la minuscule elfe d'argent, ses facultés se réveillèrent en sursaut. Ses yeux s'écarquillèrent et son cœur se mit à tambouriner dans sa poitrine. La monumentale dragonne noire, l'alliée providentielle des avariels, se trouvait juste devant elle... comme dans son cauchemar !

L'impression de déjà-vu foudroya Luna. Il lui sembla défaillir quand une voix surgie de nulle part résonna dans sa tête :

— Tiens, la petite terrestre... Comme on se retrouve ! Tu sembles surprise de me voir?

— Surprise du massacre que je découvre, oui ! hurla Luna avant de se rappeler que les dragons s'exprimaient par télépathie.

Elle poursuivit mentalement :

— Je croyais que vous étiez censée nous aider !

— Vous aider ? Que suis-je donc en train de faire, à ton avis ? rétorqua sèchement Nayalaah.

Interloquée, Luna hésita sur le choix des mots qu'elle allait employer. Elle savait d'expérience que les dragons étaient des créatures susceptibles et, par conséquent, fort irritables.

— Selon le plan de Nélyss, votre présence ici devait permettre d'éviter les combats. Vous deviez être à l'origine d'un traité de paix. Or, les dragons sont en train d'anéantir la citadelle et les avariels, de mourir par milliers… Permettez que je m'en étonne !

La dragonne gronda si fort que son souffle brûlant atteignit brutalement Luna.

— C'est moi qui m'étonne ! Comment se fait-il qu'une créature aussi chétive et pitoyable que toi ait réussi à survivre jusqu'à présent ? Je crois qu'il est temps d'en finir !

Nayalaah arqua le cou et déploya sa collerette majestueuse. Au même instant, les pensées de Luna lui firent l'effet d'une gifle.

— Monstre ! hurla l'elfe, l'esprit chauffé à blanc par la fureur. Zéhoul et Nélyss comptaient sur vous pour sauver Nydessim, mais au lieu d'aider les avariels vous les avez trahis ! Vous devriez avoir honte !

Au lieu d'attaquer, la dragonne s'esclaffa dans un grondement de tonnerre.

— Pauvre petite mortelle, si naïve, si stupide ! Ne vois-tu pas que je suis en train de sauver le nid des Cimes et que bientôt la reine que je serai donnera naissance à une nouvelle race, fière et noble, de merveilleux dragons ? Garde donc tes accusations pour toi !

Luna vit la gueule de la dragonne s'ouvrir, hérissée de crocs acérés comme autant de lames de rasoir. Son haleine ardente la consuma presque malgré les bourrasques glacées qui balayaient la terrasse. Tentant le tout pour le tout, elle ferma les yeux pour puiser au fond d'elle la force mentale capable de terrasser Nayalaah.

Juste au moment où les puissantes mâchoires claquaient près de son visage, Luna se sentit tirée en arrière, puis soulevée et transportée dans les airs. La dragonne l'avait-elle agrippée de ses serres aiguisées pour l'emmener au sommet de la forteresse, où elle la dévorerait vive ? En proie à une panique sans nom, Luna poussa un hurlement de terreur.

— Ne crains rien ! lui cria une voix qu'elle reconnut immédiatement.

— Thyl ? murmura Luna, abasourdie.

Vidée de ses forces, incapable de vociférer, l'adolescente bredouilla quelques questions qui se perdirent dans les tourbillons de flocons déchaînés. Elle prit le parti de refermer les yeux et se blottit dans les bras de son sauveur.

Lorsqu'il se posa après quelques minutes de vol, la violence des éléments semblait s'être évanouie. À l'abri d'une minuscule grotte dissimulée en contrebas de la montagne, le jeune homme déposa doucement Luna à terre. Comme elle titubait, il la rattrapa en souriant, mais soudain son sourire s'évanouit pour laisser place à une expression horrifiée.

— Qu'y a-t-il ? s'épouvanta Luna en se retournant, croyant à une nouvelle menace.

— Tes… tes ailes ! bafouilla Thyl, une main plaquée sur sa bouche. Oh, par Abzagal, c'est trop atroce !

Le quiproquo était à ce point inattendu que Luna fut prise d'un fou rire nerveux. La tension, la peur, l'effroi volèrent en éclats dans une cascade cristalline, sous le regard ahuri de l'avariel pour qui perdre ses ailes était pire que la mort.

— Thyl, dit-elle en essayant de contenir son hilarité. C'est moi, Luna. Tu ne me reconnais pas ?

Le jeune homme la dévisagea comme si la pauvre fille avait définitivement perdu la raison. Il secoua la tête et mit une main sur l'épaule de l'adolescente pour l'apaiser.

— Tu divagues, petite, mais c'est normal, personne ne peut supporter pareille souffrance. Viens, je vais te ramener à tes parents !

Traversée par une bouffée d'irritation, Luna s'écarta vivement.

— Thyl ! Par Abzagal, ouvre les yeux ! C'est moi, Luna ! Nous nous sommes rencontrés le jour du discours officiel, dans le grand hall, et quand la bagarre générale a éclaté nous avons discuté dans l'escalier. Tu te souviens ?

— Luna ? répéta l'avariel ébahi comme s'il la voyait pour la première fois. Mais que vous est-il arrivé ? Vos beaux cheveux noirs ? Et vos ailes si douces ?

— Tu peux me tutoyer, maintenant, soupira Luna. L'heure n'est plus aux mondanités. Bon, j'aurais peut-être dû te le révéler la première fois, mais je n'avais peut-être pas suffisamment confiance en toi. Thyl, je ne suis pas une avarielle !

Le garçon ouvrit des yeux ronds. Sa mâchoire se décrocha.

— Je suis une elfe de lune ! poursuivit Luna.

— Une elfe de lune ! répéta bêtement Thyl, incrédule. C'est impossible. L'autre jour, vous... enfin... tu avais de splendides ailes immaculées !

— Oui et je faisais sûrement plus vieille que mon âge, n'est-ce pas ? Hélas, j'étais simplement déguisée en avarielle pour passer inaperçue !

— Inaperçue, fit Thyl en esquissant un sourire. Oui, enfin, ce n'est pas le terme que j'aurais employé. Pourtant, c'est vrai que l'illusion était parfaite. Mais, bon sang, pourrais-tu m'expliquer ce qu'une elfe de lune fabrique à Nydessim ?

— C'est votre dieu en personne qui m'a envoyée ici pour tenter de sauver votre peuple.

— Abzagal ? C'est formidable ! s'enthousiasma Thyl, fasciné. Je savais bien qu'il ne pouvait pas nous avoir abandonnés.

— Ne crie pas victoire, Thyl ! soupira Luna. Abzagal ne pourra rien faire avant une dizaine de jours ! C'est trop tard. Ma mission a lamentablement échoué.

— Non ! Tout n'est pas perdu. Les dragons sont là, certes, mais Avalior va sans doute trouver une solution pour nous sortir de là. Et puis, il y a Rhazal et ses guerriers.

— Avalior est mort ! s'écria Luna, désespérée. Il a été assassiné, comme son épouse. Quant à Rhazal, il s'est sacrifié pour me sauver la vie. J'étais en train d'accomplir sa dernière volonté lorsque deux dragons m'ont prise en chasse. C'est comme ça que je me suis retrouvée sur cette terrasse.

L'avariel ne l'écoutait plus. L'espoir qui l'avait soutenu jusque là venait de se dissoudre en une brève seconde. Le renfort qu'il avait tant espéré ne viendrait pas. Les avariels étaient définitivement perdus ! Sauf si...

— Quelle était la dernière volonté de Rhazal ? sursauta-t-il.

— Aller chercher le parchemin d'or pour le rendre à Abzagal.

— Tu veux tenter de résoudre l'énigme du bassin ? hoqueta-t-il, incrédule.

— Je n'ai pas le choix, Thyl, décréta Luna en haussant les épaules. Une promesse est une promesse et, si je veux rentrer un jour chez moi, je dois avoir le parchemin d'or pour contacter Abzagal. Pourrais-tu me conduire à la salle du bassin, s'il te plaît ?

Le jeune homme ferma les yeux, le front plissé, visiblement soucieux. Il semblait en pleine réflexion. Luna respecta son silence en priant de toute son âme pour qu'il accède à sa requête.

— D'accord, je vais t'y amener ! finit-il par déclarer, les sourcils froncés. Mais à une condition…

— Laquelle ? demanda Luna, méfiante.

— Si tu parviens à récupérer la relique sacrée, promets-moi de m'attendre.

— De t'attendre ? Tu veux rencontrer Abzagal ? s'étonna l'adolescente.

— Non, je veux surtout fuir d'ici. Nydessim ne va pas tarder à tomber. C'est inéluctable. Sans protection divine, nous ne faisons pas le poids. Si nous ne voulons pas que tous les avariels périssent massacrés, si nous voulons que la race survive, je dois aller chercher les miens et nous partirons tous avec toi !

— Les tiens ? répéta Luna, complètement perdue.

— Oui. Il y a quelques mois, lorsque les tensions entre les guerriers et les penseurs se sont accentuées, j'ai créé une communauté secrète constituée uniquement de jeunes avariels des deux castes. Nous nous réunissions pour discuter et échanger nos idées, unis par le même désir d'entraide et de solidarité. Quand la situation a commencé à dégénérer, nous avons essayé de mener quelques actions de réconciliation, bien vaines, ma foi. Depuis l'assassinat de l'impératrice, les choses n'ont fait qu'empirer. Mais nous continuions à nous réunir en cachette.

— Dans l'entrepôt désaffecté près de la boulangerie impériale ? se souvint Luna.

— Bonne mémoire ! siffla Thyl, admiratif. En fait, lorsque les dragons ont attaqué Nydessim, nous nous sommes tous réfugiés là-bas. Les plus âgés sont partis fouiller la forteresse à la recherche d'enfants ou de mères avec leurs bébés. C'est en faisant ma ronde que je t'ai aperçue, aux prises avec cet effroyable dragon.

— Dragonne… rectifia Luna.

— Hein ? Qu'est-ce que tu racontes ? faillit s'étrangler Thyl.

— Oh, c'est une longue histoire. Je te donnerai tous les détails après avoir récupéré le parchemin d'or.

Le visage de Thyl afficha une moue dépitée, mais il n'insista pas davantage.

— Alors, tu vas nous attendre ?

— Bien sûr ! dit Luna, rayonnante. J'espère seulement qu'Abzagal acceptera de tous nous ramener à Laltharils.

L'adolescente sentit l'espoir gorger son cœur. Elle avait à nouveau une chance, une dernière chance de sauver les avariels. Pas tous, bien sûr, mais au moins, grâce à cette nouvelle génération, la race des avariels survivrait au génocide qu'étaient en train de commettre les dragons.

Sans plus tarder, Thyl l'entraîna au fond de la petite grotte. Là, derrière un gros rocher factice, une ouverture débouchait sur un réseau de galeries faiblement éclairées. L'avariel expliqua à Luna qu'en réalité la salle du bassin ne se trouvait pas bien loin.

En fait, contrairement à ce qu'elle croyait, le bassin n'était pas un réceptacle artificiel d'eau de pluie ou de glace fondue disposé au sommet de la montagne, mais plutôt une sorte de nappe phréatique. Située sous la citadelle, la salle secrète était protégée par un labyrinthe complexe. Lorsque Thyl n'était qu'un enfant, son père lui avait révélé l'existence de ce raccourci ; lui-même le tenait de l'impératrice.

En suivant le jeune homme, Luna songea que Nélyss devait également connaître ce chemin. Son cœur se comprima à la pensée de son amie. Où était-elle ? Savait-elle à quel point son plan avait échoué ? Se doutait-elle que la vile Nayalaah l'avait trahie ? Était-elle seulement encore en vie ? Luna faillit le demander à Thyl mais, se rappelant son aversion pour la vestale, elle préféra garder le silence.

Bientôt, les deux jeunes gens débouchèrent dans une salle circulaire d'où partaient six autres tunnels. Sur leur droite se trouvait une grande porte argentée, sculptée de motifs pour le moins sinistres : des dragons aux dents exagérément acérées perforaient des crânes de leurs griffes sanglantes ; des être difformes aux bouches déformées par des cris silencieux semblaient s'en échapper ; on y voyait aussi des plumes éparpillées, figées au cœur d'une violente tempête immobile.

— Brrr ! frissonna Luna. Cet endroit me donne la chair de poule. Tu as vu ces dessins ?

— Oui, admit Thyl. Je n'y avais jamais pris garde auparavant, mais c'est vrai qu'aujourd'hui ils me semblent étrangement prémonitoires. Pourtant, c'est bien derrière ces portes que se trouve le bassin. Bon, il ne me reste plus qu'à te souhaiter bonne chance !

— Quoi ? Tu ne m'accompagnes pas à l'intérieur? bredouilla Luna, soudain peu rassurée à l'idée de rester là toute seule.

— Impossible ! La porte ne s'ouvrira pas tant que je serai ici. Les hommes n'ont pas le droit de pénétrer dans la salle du bassin. Il nous est interdit de profaner ce sanctuaire exclusivement féminin. En temps normal, seule l'impératrice possède le privilège d'y accéder. Ce n'est que parce qu'elle n'est plus de ce monde que toutes les prétendantes peuvent désormais fouler cet endroit sacré. La porte ne s'ouvrira que devant l'une d'elles.

— Eh ! je ne suis pas une prétendante ! protesta Luna.

Thyl haussa les épaules.

— Pourquoi pas ? Tu es jeune, certes, plus que je ne le croyais, pour tout t'avouer, mais tu ferais une magnifique impératrice…

Il s'empressa d'ajouter :

— … si tu avais des ailes, bien entendu !

— Bien entendu ! ironisa Luna en hochant la tête. Bon, eh bien, dépêche-toi d'aller chercher les tiens. Je te promets de ne pas partir sans vous. Tu as ma parole.

— Sois extrêmement prudente, Luna ! J'ai entendu dire que celles qui ne résolvent pas l'énigme meurent dans d'atroces souffrances. Tu prends un risque énorme.

— Comme je te le disais tout à l'heure, je n'ai pas d'autres choix. Je vais essayer de me montrer digne des avariels.

Le jeune homme lui adressa un sourire d'encouragement et disparut par le tunnel qu'ils venaient d'emprunter. En le regardant s'éloigner, Luna sentit une boule se former dans sa gorge. Elle prit une grande inspiration et se tourna vers la porte… qui avait disparu !

À sa place, une immense salle d'une blancheur surnaturelle s'ouvrait devant Luna.

Émerveillée, l'adolescente retint son souffle et pénétra dans ce sanctuaire d'une pureté incroyable. Tout y était d'un blanc absolu, à tel point qu'il était impossible d'en distinguer les limites ou les arêtes. Sols, murs, plafonds… tout se confondait. Le seul élément visible était l'étrange bassin rond au centre de la pièce.

Luna sourit intérieurement. À entendre Thyl elle s'était imaginé quelque chose de beaucoup plus grandiose. C'est vrai que, en tant qu'homme, il n'avait jamais vu le bassin de ses propres yeux !

D'un pas décidé, Luna se précipita vers la margelle de marbre noir et plongea son regard dans l'eau. Elle sursauta en découvrant l'étendue sombre, épaisse, presque huileuse. Son apparence témoignait de l'extrême profondeur de la nappe phréatique. Une sensation de malaise s'empara d'elle.

— Luna ? Ça, alors ! s'écria soudain une voix en face d'elle.

L'adolescente s'immobilisa et écarquilla les yeux en apercevant Nélyss qui s'empressait de contourner le bassin pour la prendre dans ses bras.

18

Luna s'attendait tellement peu à revoir son amie vivante, et encore moins au cœur de ce sanctuaire sacré, qu'elle en resta muette de stupeur. La vestale fut bientôt auprès d'elle et l'étreignit chaleureusement.

— Nélyss! Mais comment se fait-il que tu sois ici ? balbutia Luna, encore stupéfaite.

— Si tu savais comme je suis heureuse de te retrouver, souffla la jeune fille. J'ai eu si peur !

— Et moi donc ! renchérit l'adolescente. Au début, j'ai cru que tu m'avais abandonnée. Après, quand j'ai vu l'indescriptible chaos qui anéantissait la forteresse, j'ai craint qu'il te soit arrivé malheur. Oh, Nélyss, si tu savais à quel point j'étais inquiète pour toi!

L'avarielle dévisagea son interlocutrice et lui adressa un sourire triste. Elle recula pour s'asseoir sur la margelle du bassin et, ne pouvant contenir ses larmes plus longtemps, elle éclata en sanglots, le visage au creux de ses mains.

Pleine de sollicitude, Luna s'approcha de son amie pour lui toucher l'épaule.

— Allons, ne te mets pas dans des états pareils, Nélyss… Tu ne pouvais pas savoir…

Nélyss leva vers elle ses grands yeux dorés, rougis par le chagrin. Elle renifla bruyamment et Luna, ravie de voir le flot de larmes se tarir, poursuivit :

— J'ai rencontré Nayalaah, tu sais ? Elle m'a tout révélé…

— Hein ? sursauta la vestale en se relevant promptement. Quand ? Qu'est-ce qu'elle t'a dit ?

Toute trace de chagrin avait disparu de son visage, au profit d'une froideur presque agressive. Déroutée par ce brusque changement d'humeur, Luna chercha ses mots.

— Eh bien, ce matin, lorsque je me suis réveillée dans ta chambre, les dragons avaient déjà brisé la verrière pour tenter de pénétrer dans les appartements de l'impératrice.

— Viens-en au fait ! lui ordonna Nélyss. Où as-tu rencontré la dragonne ?

— Heu, sur une des terrasses de la citadelle… tenta d'expliquer l'elfe. Nayalaah semblait ravie du carnage qui sévissait autour d'elle. Alors que je l'invectivais, furieuse de la voir émoustillée par le massacre, elle m'a toisée avec mépris en se vantant d'être en train de sauver le nid des Cimes. Pas Nydessim ! Tu saisis la nuance ? Après quoi elle s'est mise à délirer. Elle disait qu'elle deviendrait la reine de la meute et qu'elle créerait une nouvelle race de dragons… J'ai tout compris !

— Compris quoi ? intervint Nélyss dont les yeux lançaient à présent des éclairs.

— Compris que cette dragonne t'avait trahie, cornedrouille ! s'exclama Luna. Tu pensais qu'elle était ton alliée, mais sa nature profonde s'est révélée plus forte que les liens amicaux qui t'unissaient à elle. Elle a profité de ta naïveté, de ton désespoir. Je comprends que tu sois furieuse, à présent !

Nélyss se contenta de serrer les dents en expirant lentement comme pour évacuer sa colère. Lorsqu'elle reprit la parole, elle semblait avoir retrouvé son calme.

— Je suis désolée, Luna, de m'être énervée, mais la douleur que me cause cette trahison est tellement… vive… que je suis à cran…

— J'imagine ! compatit l'adolescente en hochant la tête. Pourtant, il y a quelque chose que je ne saisis pas. Qu'en est-il de Zéhoul ? La vieille sang-mêlé faisait-elle partie du complot ? A-t-elle été trahie elle aussi ?

— À vrai dire, je n'en sais rien, confia Nélyss, à nouveau larmoyante, en se rasseyant au bord du bassin. Je vais tout reprendre depuis le début pour que tu comprennes ce qui s'est passé. Lorsque je t'ai présenté Nayalaah, elle a grondé et tu t'es évanouie. De peur, sans doute.

— Ça, ça m'étonnerait ! protesta vivement Luna. J'ai rencontré des créatures bien plus terrifiantes, je te le jure, et ça ne m'a pas fait tomber dans les pommes !

Nélyss se contenta de hausser les épaules.

— Quoi qu'il en soit, tu as perdu connaissance et j'étais fort inquiète. Zéhoul t'a aussitôt administré une de ses potions miracles, mais tu n'es pas revenue à toi. Comme tu semblais au plus mal, je t'ai reconduite sans attendre à Nydessim. Zéhoul et Nayalaah devaient me rejoindre à la nuit tombée. En attendant, je t'ai installée dans mon lit et j'ai prié Abzagal pour que tu te réveilles. Mais comme le jour déclinait, j'ai dû partir rejoindre la gardienne.

Sa voix se brisa. Ses yeux se remplirent de larmes contenues.

— Je n'ai trouvé que son cadavre. Dans le ciel de Nydessim, sous la lueur de la lune, Nayalaah chantait déjà pour appeler les dragons. Un chant lugubre qui résonnait comme une trahison. Un chant funèbre qui se propageait comme une invitation au massacre. J'ai tenté de lui parler, mais elle était… comme en transe. Puis, les premiers mâles sont arrivés et l'horreur a commencé. J'ai compris que tout était perdu, que mes espoirs venaient d'être pulvérisés, et je suis descendue ici…

— Pour récupérer la relique sacrée ?

— Comment as-tu deviné ? s'enquit Nélyss en arquant les sourcils.

— Ben, c'est la seule explication logique. Il n'y a que le parchemin d'or, ici, non ?

Les beaux traits de Nélyss se figèrent. Elle se releva, fière et droite, et scruta l'adolescente d'un air soupçonneux.

— Et toi, que fais-tu ici ?

Désarçonnée par cette nouvelle saute d'humeur, Luna décida de confier une partie seulement de la vérité à son amie. Pour le moment, elle préférait taire les projets de Thyl.

— Je suis venue récupérer la relique sacrée pour la remettre à Abzagal. Puisque tout est perdu pour les avariels, autant sauver l'ultime vestige de votre civilisation.

Contre toute attente, les yeux de Nélyss se mirent à briller.

— C'est magnifique ! se réjouit-elle, soudain rayonnante. C'est exactement ce que je voulais faire, mais…

— Quoi ?

— Je n'y arrive pas, avoua Nélyss en plissant le front. Regarde là-haut !

Elle pointait du doigt une bulle transparente que Luna n'avait pas encore remarquée, tellement elle se confondait avec le décor laiteux.

— C'est dans cette sphère que flotte l'écrin de cristal qui protège le parchemin d'or. Voilà presque une heure que je vole autour, à la recherche du moyen de m'en saisir. En vain... ma main passe toujours à travers. Toi, tu vas peut-être trouver comment faire. Tu es si intelligente !

Insensible à la flatterie, Luna scruta la sphère qui se trouvait à presque cinq mètres du sol. À l'intérieur brillait un petit objet doré.

— Tu veux bien me porter jusque là-haut ? demanda-t-elle à son amie.

Trop contente de l'aide que lui proposait son amie, Nélyss transporta aussitôt l'adolescente auprès de la bulle translucide. À l'extérieur, aucune porte ni aucun mécanisme pour l'ouvrir n'était visible. À l'intérieur, Luna découvrit un écrin cylindrique taillé dans le cristal le plus pur et long d'une vingtaine de centimètres. Il abritait un rouleau de parchemin de couleur doré.

Avec des gestes lents, Luna tenta de poser ses mains sur la bulle transparente mais, comme le lui avait dit Nélyss, ses doigts ne rencontrèrent aucune résistance. Il traversèrent la paroi translucide et passèrent au travers de la relique sans qu'il lui fût possible de s'en saisir. Sûrement un puissant sortilège.

C'est alors que le regard de Luna glissa vers le sol, vers le bassin juste en dessous de la sphère. Le parchemin d'or se reflétait dans les eaux noires de la nappe phréatique.

Luna eut alors un éclair de génie !

— Nélyss, repose-moi vite ! Je crois que j'ai une idée…

La vestale obtempéra sans rechigner et déposa l'adolescente auprès du bassin. Luna s'empressa de se pencher par-dessus la margelle. Elle constata immédiatement que son propre reflet n'apparaissait pas dans l'eau, mais que celui de la relique y était bien visible! Dans le miroir de l'eau, la sphère avait disparu et seul l'écrin adamantin scintillait délicatement sous la surface huileuse. Pleine d'espoir, Luna s'étira prudemment au-dessus du bassin jusqu'à percer le liquide sombre. Alors ses doigts rencontrèrent ce qu'ils étaient venus chercher ! L'illusion d'optique n'avait pas abusé Luna. Le parchemin d'or se trouvait bel et bien dans le bassin comme elle l'avait deviné !

— Je l'ai ! s'écria fièrement l'adolescente en brandissant victorieusement la relique comme un trophée. Regarde...

L'avarielle ne lui laissa pas le temps de finir sa phrase. Lui arrachant brusquement le parchemin des mains, Nélyss la repoussa avec une telle violence que Luna en tomba à la renverse… dans le bassin !

L'eau glacée, épaisse, visqueuse comme celle d'un marécage, l'engloutit tout entière. Elle s'infiltra dans la bouche et le nez de Luna, infecte, immonde. L'adolescente se sentit attirée vers le fond. Refusant de mourir noyée, elle effectua quelques brasses qui la ramenèrent à la surface. Ses poumons se gorgèrent d'air, pendant qu'elle s'agrippait en suffoquant au rebord du bassin.

Ce qu'elle vit alors la figea sur place. Les traits transfigurés par la joie, Nélyss resplendissait d'un bonheur indicible. Elle tenait l'écrin à bout de bras et tournoyait sur elle-même en riant aux éclats, les ailes déployées, ses boucles blondes tressautant autour d'elle.

En songeant que dehors les avariels luttaient désespérément pour leur improbable survie et que leur sang teintait de rouge les murs de la citadelle assiégée, l'elfe de lune se dit que l'allégresse de son amie était bien inconvenante. Choquée, elle considérait sans comprendre ses manifestations de joie. En silence, elle se hissa hors du bassin et se planta, dégoulinante, devant l'insouciante danseuse.

— Nélyss ! s'indigna-t-elle, outrée. Tu es devenue complètement folle ou quoi ?

— Je l'ai ! Je l'ai ! chantonnait l'intéressée sans cesser de tournoyer. Il est à moi ! À moi !

— Stop ! hurla Luna, hors d'elle.

La vestale s'immobilisa brusquement, surprise qu'on ait osé interrompre sa transe. Elle adressa à l'adolescente un regard glacial.

— Tu es encore là, toi ? siffla-t-elle méchamment.

Luna fut tellement stupéfaite qu'elle recula instinctivement.

— Nélyss, enfin, que t'arrive-t-il ?

— Je t'interdis de m'appeler ainsi ! Désormais, je suis l'impératrice des airs et nul n'a le droit de m'ordonner quoi que ce soit ! Si je veux danser, je danse ! Si je veux crier ma joie, je crie !

Luna retint un hoquet de stupeur. Sa douce amie était-elle devenue cinglée ? La relique produisait-elle toujours cet effet-là sur celles qui l'obtenaient ? Arielle avait-elle autrefois traversé pareil état d'hystérie ?

— Donne-la-moi, murmura Luna d'une voix apaisante. Elle est pour Abzagal, rappelle-toi.

— Abzagal ? Ha ! Laisse-moi rire ! s'esclaffa la vestale. Ce dragon de pacotille n'est qu'un traître que j'abhorre plus que tout au monde.

Je l'ai toujours exécré au plus profond de moi-même, crachant sur ses statues, piétinant ses effigies, blasphémant son nom à chaque minute !

Atterrée par ces propos ahurissants, Luna tenta vainement de protester :

— Pourtant, quand je suis apparue dans le sanctuaire privé d'Arielle, tu étais en train de prier, non ?

— Mascarade ! hurla Nélyss, comme ivre. Je m'apprêtais à détruire cette horreur à coups de pioche quand tu es arrivée, la bouche en cœur, soi disant pour sauver notre peuple ! Ah, tu parles d'un dieu ! Qui envoie une gamine pour sauver le monde ? Le magnifique Abzagal ! C'est ridicule!

Luna eut l'impression de recevoir une douche froide, plus glacée encore que l'eau du bassin. Nélyss aurait-elle joué la comédie depuis le début ? Non, impossible ! Il avait dû se produire quelque chose d'anormal…

Pourtant, la vestale agrippait le tube de cristal de toutes ses forces et continuait de toiser Luna.

— Désormais, je suis l'impératrice suprême et je vais régner sur Nydessim !

— Ta cité n'est plus qu'un tas de ruines ! la morigéna Luna, furieuse. Et, pour la diriger, tu dois avoir un empereur à tes côtés. Avalior est mort. Je ne te l'avais pas dit encore, je crois !

L'adolescente pensait que la nouvelle provoquerait un choc chez son ancienne amie, mais elle se contenta de glousser.

— Je le sais parfaitement, minauda-t-elle en penchant la tête. Tu n'imagines même pas la satisfaction que j'ai ressentie en tranchant son petit cou maigrichon !

Luna vacilla, le souffle coupé.

— Non, non, Nélyss… Ce n'est pas toi qui…

— Bien sûr que si ! roucoula l'autre. J'ai assassiné Avalior de mes propres mains juste après t'avoir ramenée dans ma chambre et je peux t'assurer que c'était encore mieux que de verser le poison dans le verre d'Arielle !

Deux sillons salés glissèrent sur les joues pâles de l'elfe d'argent. Elle était tellement stupéfiée par ces ignobles révélations qu'elle ne pouvait prononcer une seule parole ni bouger d'un seul millimètre.

— Tu te demandes sûrement pourquoi j'en suis arrivée là ? Oh, ne prends pas cet air horrifié, Luna ! Tout le monde rêve de faire ce genre de choses, un jour ou l'autre. Moi, j'ai décidé de faire de mon rêve une réalité lorsque cet imbécile d'Abzagal a abandonné Arielle ! J'y ai vu l'occasion inespérée de me débarrasser enfin de cette vieille peau à qui je tenais le crachoir toute la sainte journée. Si je n'ai pas pu agir plus tôt, c'est que Rhazal, qui n'attendait que le moment propice, se serait empressé de tuer le veilleur. Or j'avais besoin du veilleur. Qui d'autre que lui pouvait sentir l'appétissante Nayalaah et réveiller ses congénères ?

Aux anges, Nélyss s'interrompit pour exécuter une volte gracieuse.

— Tout ce que je t'ai raconté sur la destruction de la cordillère si les dragons ne se réveillaient pas, c'était n'importe quoi ! pouffa-t-elle, apparemment très contente d'elle. Mais il ne fallait pas que Rhazal tue le veilleur avant qu'il n'aperçoive la dragonne, sinon c'en était fait de mes beaux projets !

Le cœur de Luna se comprima douloureusement dans sa poitrine.

— Tu es tellement crédule, ma pauvre fille, continua Nélyss avec dédain, ça a été si facile de te mener en bateau ! Il faut tout de même avouer que je suis extrêmement douée pour jouer la comédie ! Tu n'avais aucune chance contre moi. Quand j'ai accepté de t'emmener voir Avalior, le premier jour, c'était effectivement pour l'assassiner. Je comptais te supprimer ensuite. Mais cet imbécile de Rhazal a tout gâché en devinant mes intentions.

— Pourquoi m'as-tu laissée en vie ? balbutia péniblement Luna.

— Parce qu'une envoyée des dieux possède parfois de grands pouvoirs et que je préférais t'avoir avec moi plutôt que contre moi ! Je pressentais que tu me servirais à quelque chose à un moment ou à un autre ! J'ai bien fait, car sans toi j'aurais eu du mal à trouver le truc du parchemin. Bravo !

— Tu n'es qu'une sale manipulatrice, une meurtrière, une traîtresse ! hurla Luna en titubant. C'est Thyl qui avait raison ! Néanmoins, tu as été trahie à ton tour, et à cause de Nayalaah. Nydessim est à feu et à sang. Tu veux devenir impératrice, mais impératrice de quoi ? Tu n'as plus de ville, plus de peuple, plus rien !

— Détrompe-toi, minable gamine ! rugit Nélyss en retroussant sa lèvre supérieure, comme prête à mordre. Les dragons sont mes alliés ! Nayalaah n'a jamais agi autrement que comme je le lui avais ordonné. Je suis sûre qu'elle va tuer Zéhoul pour se libérer de ses chaînes, et bientôt elle sera la reine des dragons. Je lui ai promis le haut de la ville, qu'elle reconstruira selon ses goûts et ses besoins. Je repeuplerai les étages inférieurs avec la poignée de survivants. Le nid des Cimes et Nydessim enfin réunis en une seule et même cité… Bientôt, comme Nayalaah, je serai à l'origine d'une nouvelle race d'avariels et mon nom restera gravé pour l'éternité comme celui de l'impératrice qui a sauvé les avariels de l'extinction. J'entrerai à mon tour dans la légende !

— *Si* tu deviens impératrice ! lâcha Luna, soudain menaçante.

— Comment ça ? gronda la jeune fille.

— Il ne suffit pas d'obtenir le parchemin d'or pour régner sur Nydessim. Maintenant, tu dois résoudre l'énigme du bassin, je te le rappelle, et prendre le risque de périr en cas d'échec.

Nélyss perdit du coup sa joie et ses jolies couleurs. Ses traits se crispèrent et ses yeux étincelèrent de haine. Luna lui porta le coup de grâce.

— Tu sembles surprise ! Apparemment, Arielle ne te faisait pas suffisamment confiance pour partager avec toi son plus grand secret. Tu ne sais rien de l'énigme, n'est-ce pas ? T'avait-elle percée à jour ? Soupçonnait-elle que tu briguais sa place ?

Livide, Nélyss fulminait.

— Tu vas m'aider ! ordonna-t-elle.

— Non, certainement pas. Tu devras te débrouiller toute seule. Tu es si… intelligente !

Nélyss plissa les yeux, en proie à un doute lancinant. N'y tenant plus, elle dévissa le cabochon de l'écrin et en tira une feuille d'or délicatement enroulée. Avec des gestes empressés, elle la déroula pour découvrir l'énigme qui ferait d'elle la maîtresse des lieux.

Luna vit les yeux de l'avarielle parcourir la surface immaculée du parchemin avec avidité. Lorsqu'elle releva la tête, elle était livide.

— Facile ? s'enquit Luna d'un ton moqueur.

— Qu'est-ce que c'est que cette plaisanterie ? hurla la vestale, furibonde. Cette feuille est complètement vierge ! Il n'y a rien, pas de message, pas d'énigme, rien du tout !

— Oh ! fit Luna, pensive. Cela signifie peut-être que tu n'es pas digne du trône impérial ou alors, c'est ça, justement, l'énigme...

— La ferme ! fulmina Nélyss, les traits déformés par la rage. Tu dois trouver la solution !

Luna continua d'ironiser, un sourire malicieux sur les lèvres

— Attends un peu ! Si je résous l'énigme, je serai l'impératrice... Quel dommage, si près du but...

Les yeux de la vestale étaient exorbités. Elle cédait à la panique. Sans réfléchir, dans une réaction désespérée, elle s'empressa de fourrer maladroitement le parchemin dans son étui qu'elle referma tant bien que mal et qu'elle lança au loin, comme pour conjurer la malédiction.

Dans un fracas assourdissant, l'écrin de cristal retomba sur le sol et explosa en mille morceaux. Aussitôt la masse noirâtre et gluante de l'eau s'éleva brusquement hors du bassin, comme un spectre liquide, et se précipita sur la jeune avarielle pour l'engloutir tout entière dans un raz-de-marée imparable.

Luna recula, épouvantée par cette monstrueuse apparition. Sous ses yeux effarés, Nélyss se débattit, prisonnière de la masse gélatineuse. Elle hurlait, gesticulait et suffoquait, le regard révulsé. L'avarielle agonisa longtemps avant de mourir noyée et de disparaître, aspirée dans les ténèbres du puits sans fond.

Luna hoqueta de dégoût autant que d'horreur. Cette chose effroyable semblait tellement vivante… Dire qu'elle était tombée dedans, quelques minutes auparavant !

Une série de chocs brefs mais sonores contre la porte de la salle ramena Luna à la réalité.

— Luna ? Tu es toujours là ? appelait Thyl en tambourinant de toutes ses forces contre les battants.

— Oui, Thyl ! répondit l'adolescente. Je vais bien. Attends encore un peu, je n'ai pas tout à fait terminé.

Elle reporta son regard sur la feuille d'or qui trônait au milieu des débris de cristal à seulement cinq ou six mètres d'elle. D'un pas hésitant et le ventre noué par l'angoisse, elle s'approcha de la relique pour s'en saisir.

C'était à son tour. Il lui fallait percer l'énigme du bassin ou se résigner à mourir.

19

Lorsque Darkhan, enveloppé dans un large manteau à capuche, arriva devant l'entrée du réseau secret des rebelles, il eut la désagréable surprise de voir ses nouveaux amis en train de remblayer l'ouverture de la galerie creusée dans le sol avec les gravats issus de la galerie réhabilitée.

— Eh ! Qu'est-ce que vous faites? s'écria-t-il en tentant d'arrêter leur geste.

Curian, le drow de loin le plus costaud de la bande, ruisselant de sueur, sa pelle jetée sur son épaule, se planta devant Darkhan.

— Edryss nous a donné l'ordre de sceller définitivement toutes les voies d'accès reliant Rhasgarrok à notre repaire. C'est la dernière pierre, mais on ne refuserait pas un coup de main, Darkhan !

Le guerrier resta coi.

— Désolé, mais je dois absolument partir…

— Pas question ! Edryss a été formelle : plus personne ne sort !

— Allez, il faut absolument que je descende ! insista Darkhan.

— Si tu t'en vas maintenant, tu ne pourras plus remonter et nous partirons sans toi ! renchérit un autre drow.

— Je sais ce que je fais, figure-toi ! rétorqua Darkhan en serrant les dents. Sarkor vient d'apprendre où se trouve Halfar, son deuxième fils, et il m'a demandé d'aller le chercher avant notre départ. Vous pouvez bien attendre deux ou trois heures que je revienne, non ? Nous ne partons que ce soir.

— Que se passera-t-il si tu te fais prendre ? rétorqua un troisième drow à la voix nasillarde. Qui nous dit que tu ne révéleras pas notre plan d'évasion, hein ?

Darkhan sentit la fureur l'envahir.

— Je préférerais mourir cent fois plutôt que de vendre les miens, c'est clair ?

Le drow recula, la mine renfrognée, pendant que Curian se grattait la tête, pensif.

— C'est bon, Darkhan, vas-y, passe ! finit-il par concéder en lui glissant une grosse clé métallique dans les mains. Je te laisse deux heures, pas une minute de plus. Si d'ici là tu n'es pas revenu, on bouche le puits. Tant pis pour toi !

— Merci, Curian ! dit Darkhan en lui donnant une tape amicale dans le dos. Je te revaudrai ça, vieux !

Il s'enfonça sans hésiter dans la gueule obscure du puits creusé dans la roche. Fermement agrippé aux barreaux rouillés, le guerrier descendit les cinq mètres du tunnel et, une fois en bas, ouvrit la trappe circulaire déjà à moitié cachée par les gravats que les autres avaient commencé à jeter dans le trou. S'il était arrivé quelques minutes plus tard, la porte aurait été inaccessible.

Sans perdre de temps, Darkhan dégagea les caisses qui avaient été placées là pour dissimuler la trappe aux regards indiscrets. Après avoir pris la précaution de refermer la porte derrière lui et de replacer correctement les cageots, il utilisa la clé de Curian pour déverrouiller le battant blindé qui donnait accès à une petite cave. Il fit irruption dans une maisonnette abandonnée dont les ouvertures avaient été partiellement barricadées avec de vieilles planches complètement pourries.

Darkhan se faufila entre les lames de bois pour se glisser furtivement dans la ruelle déserte. Il savait que le couvre-feu avait été levé et que chacun était désormais libre d'errer dans la ville, mais il ne tenait pas à tomber sur une patrouille. Son portrait avait été placardé suffisamment longtemps sur les murs de Rhasgarrok pour qu'on le reconnaisse et qu'on le jette en prison. Aussi prit-il la précaution de rabattre sa large capuche avant de disparaître dans les ténèbres.

En remontant vers les quartiers plus populeux, Darkhan ne tarda pas à découvrir l'agitation frénétique qui s'était emparée de la ville. Partout, devant les affiches exposées à la vue des badauds, des foules hétéroclites de drows, nains, trolls et orques gesticulaient et braillaient, pariant des fortunes sur leurs favoris. Après la dure période de restriction qui avait traumatisé la cité, Rhasgarrok était à nouveau en ébullition. Le tournoi des champions promettait d'être un spectacle inoubliable... et des plus juteux !

Darkhan apprit que les combats débuteraient dans moins d'une demi-heure dans les grandes arènes, un stade géant situé dans la ville moyenne à quelques kilomètres de là. Il pressa le pas.

À mesure qu'il progressait, il constata, effaré, que c'était des cohortes entières de drows qui se précipitaient dans la même direction. Le vacarme était effrayant. Apparemment, les habitants de Rhasgarrok n'auraient raté ces sanglantes réjouissances pour rien au monde. Darkhan se mit à courir et à jouer des coudes pour ne pas se faire piétiner. La foule le porta néanmoins jusqu'à l'immense esplanade.

En découvrant les trois gigantesques dômes de fer qui protégeaient les arènes, Darkhan cessa de respirer. Sur les grilles métalliques, des grappes de spectateurs avides de violence et de sang trépignaient d'impatience, scandant les noms de leurs favoris. En bas des dômes, des centaines de drows mécontents s'invectivaient et escaladaient leurs congénères, prêts à tout pour se faufiler jusqu'à la grille et tenter d'assister au spectacle. Darkhan vit plusieurs d'entre eux planter de longues dagues effilées dans le dos des premiers arrivés pour s'approprier leur place. Le guerrier comprit qu'il y aurait sûrement autant de morts à l'extérieur des arènes qu'à l'intérieur, sinon plus !

Il repéra au beau milieu de cette cohue quelques colosses orques armés jusqu'aux dents qui semblaient surveiller les abords du stade. Eux sauraient peut-être le renseigner. Malgré la marée vivante qui lui barrait l'accès aux dômes, il parvint à force de coups de poings bien assénés à s'approcher suffisamment d'un des gardes pour l'apostropher.

— Mon frère fait partie des gladiateurs ! s'époumona-t-il pour couvrir le vacarme.

J'ai un talisman à lui remettre. Par où dois-je passer ?

— Impossible ! croassa le mastodonte. Interdiction de voir les combattants. Trouve-toi une place et quand ton frère apparaîtra, débrouille-toi pour lui lancer ta breloque.

— Mais je dois…

— Dégage, maintenant ! gronda l'orque aux canines de sanglier. Tu bloques le passage ! Allez, ouste !

Darkhan obtempéra à contrecœur. Inutile d'essayer de convaincre le monstre obtus. Sarkor avait, hélas ! raison, il lui serait impossible de voir Halfar avant les combats. Néanmoins, l'idée de l'orque ne lui sembla pas si absurde. Il se dénicherait une place et tenterait d'apercevoir Halfar afin de le raisonner et de le convaincre d'abandonner.

Mû par une rage aveugle, Darkhan se jeta dans la foule, escalada quelques dos et, d'un saut redoutable, se précipita à l'assaut des grilles dans l'espoir de trouver un espace libre. Comme si les dieux s'en mêlaient et favorisaient son entreprise, le nain qui grimpait devant lui égorgea le troll imposant qui se trouvait à sa droite. Le géant se détacha du dôme en hurlant de douleur. Le nain en profita pour se glisser dans l'espace ainsi libéré, aussitôt suivi de Darkhan.

Solidement accroché aux grilles métalliques, le guerrier avait une vue plongeante sur les trois arènes circulaires. Il se mit à prier Eilistraée avec ferveur pour qu'Halfar passe dans les premiers et suffisamment près de lui pour pouvoir lui parler.

Il n'eut pas à attendre bien longtemps. Des trompettes stridentes déchirèrent l'air, annonçant le début des combats et faisant taire le brouhaha qui s'élevait de la foule. Dans un silence impressionnant, une voix surgie de nulle part édicta les règles des combats, fondées sur trois principes : pas de magie, pas de pitié, pas de survivant. À la fin du premier round, les combattants auraient le choix entre continuer ou abandonner, un choix qui ne se présenterait pas deux fois.

Dès que la voix se tut, six gladiateurs jaillirent du sol sous lequel avait sûrement été aménagé un système de trappes invisibles. Ils saluèrent la foule. Les cris d'encouragement, les vivats et les huées reprirent de plus belle.

Le cœur battant, transpirant d'angoisse, Darkhan chercha son frère du regard. Halfar ne faisait pas partie des tout premiers combattants.

N'ayant d'autre choix que d'assister à l'épouvantable spectacle, le guerrier se crispa lorsqu'un troll des cavernes fracassa le crâne de son adversaire d'un seul coup de massue. Le deuxième à remporter cette manche fut un drow, qui transperça d'une dizaine de flèches son opposant avant même que celui-ci ait le temps de dégainer son épée. Enfin, le troisième vainqueur fut une belle drow aux cheveux verts qui décapita d'un coup de cimeterre le gobelin qui lui faisait face. Le tout n'avait duré que quelques secondes.

Sous les tonnerres d'applaudissements, la voix demanda aux trois vainqueurs s'ils participeraient au deuxième tour. Ils acceptèrent sans la moindre hésitation, renonçant ainsi à leur unique chance de quitter cet enfer. Désormais, pour eux, ce serait la mort ou la gloire. Les duellistes disparurent dans le sol, remplacés par six nouveaux gladiateurs.

Une décharge électrique secoua Darkhan. Dans le dôme de droite, il y avait un jeune drow ! Le guerrier plissa les yeux et soupira de soulagement en découvrant les cheveux rouges qui dépassaient sous le casque du gladiateur. Ce n'était pas Halfar.

Les trois combats furent aussi expéditifs que les premiers. Le voisin de Darkhan, le nain égorgeur de trolls, lui apprit que c'était toujours comme ça.

— Les premiers rounds ne sont jamais les plus passionnants ! Les deuxièmes non plus.

Vivement les quarts de finale et les demi-finales. Là ça perce, ça transperce, ça saigne à tout va. On a vraiment le temps d'en profiter. On s'amuse, quoi !

Darkhan, écœuré, tourna sa tête sur le côté, juste à temps pour voir la lame d'un demi-orque faire gicler les entrailles d'un barbare. Il ferma les yeux. Tout cela lui rappelait de trop mauvais souvenirs.

De longues minutes s'écoulèrent encore, rythmées par le bruit des lames déchirant la chair et saturées par l'odeur du sang versé, les râles d'agonie et les trépignements hystériques de la foule. Darkhan n'ouvrait les yeux que toutes les deux ou trois minutes pour vérifier si son frère se trouvait parmi les six combattants.

Soudain, un jeune drow jaillit du sable rougi, un sabre à la main. Son armure dorée scintillait sous les flambeaux magiques du dôme. Son casque rutilant lui donnait des allures de guerrier invincible. Darkhan se pétrifia.

Malgré la musculature impressionnante du jeune combattant, malgré la sauvagerie qui déformait ses traits et la rage qui brûlait dans son regard, il reconnut immédiatement son frère.

Avant qu'il ait pu crier son nom, Halfar se précipita au devant d'un troll protégé par une épaisse armure en croûte de bitume et dont les fléaux tournoyaient déjà dans les airs. Submergé par la terreur, Darkhan se mit à trépigner, à tambouriner contre les barreaux et à hurler comme les autres spectateurs.

Mais Halfar n'entendait rien. Concentré, il esquiva les fléaux avec une souplesse surprenante et porta un premier coup. Son cimeterre vint se planter dans l'aine du colosse, juste à la jointure de sa cuirasse. Le troll poussa un hurlement de douleur mais, loin d'abandonner, il empoigna ses armes de plus belle et les fit voler autour de lui dans une danse mortelle. Halfar ne pouvait pas l'approcher sans risquer de se faire arracher un membre ou la tête par une des deux boules hérissées de pics acérés. Il décida de changer de tactique et rengaina son arme. Avec une dextérité impressionnante, sous les yeux éberlués de la foule fascinée, il exécuta une pirouette qui le propulsa contre la grille du dôme. L'adolescent s'agrippa aux barreaux et avança à la force des bras jusqu'à se trouver au-dessus du colosse, qui tournoyait toujours en rugissant de rage. Halfar se retint d'une seule main et dégaina son sabre de l'autre.

Ce fut à ce moment que son regard croisa celui de son frère, perdu dans la foule grimaçante. Le temps se figea l'espace d'une seconde.

Les yeux de Darkhan, pleins de larmes, le supplièrent d'abandonner. Ceux d'Halfar, pleins de haine, ne lui rendirent que mépris.

Le jeune guerrier lâcha sa prise et, avec un sourire pervers, planta son arme effilée dans le crâne offert du troll, qui s'effondra dans la poussière. La foule surexcitée applaudit à tout rompre ce tour de force surprenant.

Lorsque la voix demanda aux trois combattants s'ils souhaitaient continuer, celle de Darkhan retentit, plus puissante que jamais.

— Halfar ! hurla-t-il. Je t'en supplie, renonce ! Renonce !

L'adolescent leva la tête et dévisagea son frère. Étonnamment, la foule s'était tue, captivée par ce nouveau rebondissement.

— Tu as entendu, Darkhan ? gronda le garçon en brandissant son sabre vers son frère aîné. Tu as entendu comme la foule m'acclame et m'encourage ? Je suis devenu un vrai gladiateur et je vais abattre chacun de mes adversaires. L'un après l'autre, je vais les expédier au royaume de Lloth et j'entrerai enfin au service de matrone Zélathory ! Tu entends, Darkhan ? Je serai un héros et j'accomplirai des prouesses bien supérieures aux tiennes !

— Halfar, sois raisonnable ! s'époumona Darkhan. Tu n'as rien à me prouver. À mes yeux, tu es déjà un héros ! Renonce, tant que tu en as encore la possibilité, et allons retrouver père !

— Père ? De quel père parles-tu ? Celui qui me méprise et ne jure que par toi ? Celui qui ne daigne même pas assister à mes exploits ? Je n'ai plus de père, Darkhan, tu entends ? J'ai désormais une nouvelle mère qui me chérit comme son propre fils, des frères qui m'entourent de leurs conseils avisés et qui m'admirent, eux ! Je ferai tout pour que la maison de ma nouvelle famille soit anoblie !

Halfar se tourna vers la foule et cria :

— Oui, bien sûr, j'accepte de poursuivre !

Les spectateurs qui avaient retenu leur souffle laissèrent exploser leur joie avec force cris et vivats pendant qu'Halfar disparaissait dans le sol, sans un dernier regard pour ce frère qu'il haïssait. Seul Darkhan se taisait, déchiré par le chagrin et la honte. Il venait de perdre son frère, aussi sûrement et définitivement que si la mort était venue le faucher sous ses yeux.

20

Luna ramassa la feuille d'or en prenant une grande inspiration. Elle était venue ici pour sauver les avariels et elle ne décevrait pas Abzagal. Elle lui ramènerait la sainte relique ainsi qu'une poignée d'orphelins. Le noble peuple des elfes ailés pourrait s'installer ailleurs, loin des redoutables dragons et de leur folie meurtrière, pour prendre un nouveau départ. Pour cela, elle devait d'abord résoudre l'énigme.

Luna déroula le parchemin doré avec d'infinies précautions et constata effectivement qu'il était vierge de toute écriture. Un nœud d'angoisse se forma dans sa gorge. De ses mains tremblantes, elle tourna et retourna la fine feuille d'or plusieurs fois de suite afin de s'assurer qu'elle ne contenait aucun message caché. Elle essaya même d'y déceler un filigrane par transparence. En vain.

— Ça y est ? Tu as résolu l'énigme du Bassin ? s'inquiéta Thyl, toujours derrière la porte.

— Heu… presque ! Donne-moi encore cinq minutes ! répondit Luna agacée en tripotant nerveusement la feuille d'or.

« Cornedrouille ! maugréa-t-elle dans son for intérieur. Je dois absolument y arriver. Sinon ce sera mon tour. »

Elle jeta un regard angoissé vers les eaux noires.

« Oh, nom d'un marron, pourquoi ils appellent tous cette épreuve l'énigme du bassin et pas du parchemin ? C'est complètement idiot ! À moins que… »

Comme poussée par une intuition, Luna s'approcha à contrecœur de la margelle. Elle inspira profondément pour se donner du courage.

« Peut-être que l'énigme, en réalité, c'est le bassin lui-même, parce que tout vient de lui, réfléchit Luna. Nélyss se trompait de voie en essayant de passer à travers la bulle translucide qui renfermait le parchemin d'or. Son erreur, ça a été de ne pas penser à attraper plutôt son reflet dans le Bassin. Peut-être que le message se trouve aussi dans l'eau, en tout cas, sur le reflet du parchemin ! »

Lentement, Luna déroula le rouleau doré et se pencha, anxieuse, au-dessus de la surface huileuse. Une fois encore, elle fut déroutée en constatant que son reflet n'apparaissait pas dans l'eau ; mais lorsqu'elle contempla le reflet de la feuille d'or, elle étouffa un cri de joie en voyant apparaître des mots. L'encre noire luisait sur le fond doré de la feuille.

Le cœur de Luna se gorgea d'orgueil. Elle venait de réussir, là où tant d'autres avaient échoué !

Un sourire aux lèvres, elle se baissa un peu pour déchiffrer le message.

Pour mon plus grand plaisir,
Que se réalise ton plus grand désir.
Le trône impérial, tu viens d'obtenir
L'impératrice tu vas devenir.
Désormais, ici, chaque jour tu devras revenir
Tes craintes, tes doutes, il faudra tout me dire,
Car dans le bassin mes réponses tu pourras lire
Et pour les avariels, nous bâtirons l'avenir.
Abzagal

Luna sentit soudain une vague glacée envahir son esprit comme une langue empoisonnée. La crainte la submergea brutalement. En aucun cas elle ne souhaitait devenir l'impératrice des avariels ! Ça, non ! Luna chancela, en état de choc.

— Y'a quelque chose qui va pas ? pépia alors une voix enfantine dans son dos.

L'adolescente sursauta, manquant de lâcher le parchemin d'or dans l'eau. Elle le rattrapa à temps et le laissa s'enrouler sur lui-même, en proie à une vive panique.

— Hein ! Qui es-tu ? Et que fabriques-tu là ? bredouilla-t-elle en avisant la petite rouquine qui n'avait pas plus de cinq ou six ans.

— Eh ben, Thyl, il m'a dit que la porte ne s'ouvrirait pas tant que les garçons étaient là, alors ils sont partis un peu plus loin, commença l'enfant. Il m'a demandé d'attendre derrière la porte, avec les autres filles. Mais comme elle vient de s'ouvrir, j'ai cru que je pouvais entrer. J'aurais pas dû ?

— Si… si, tu as très bien fait, dit Luna en jetant un coup d'œil inquiet aux avarielles curieuses, massées sur le seuil de la salle du bassin. Comment t'appelles-tu ?

— Haydel ! déclara fièrement la petite avarielle. Je suis la petite sœur de Thyl. Et toi, tu es Luna ?

L'intéressée se contenta de hocher la tête en souriant.

— Thyl, il dit que tu vas tous nous sauver et que grâce à toi et à Abzagal on va s'en aller loin, très loin des méchants dragons. C'est vrai ?

— Oui, c'est vrai, soupira Luna en prenant l'enfant par la main pour l'entraîner vers la sortie.

Huit ou neuf femmes tenant des nourrissons endormis contre leurs seins, quelques jeunes filles, une vingtaine d'adolescentes et une poignée de fillettes reculèrent pour les laisser passer.

Dès qu'elles aperçurent le parchemin d'or dans la main de Luna, les avarielles retinrent leur souffle. Certaines, des larmes plein les yeux, semblaient éperdues de reconnaissance ; d'autres, le visage sévère, paraissaient consternées, voire outrées. Toutefois, pas une seule n'osa rompre le silence oppressant.

Lorsque Luna sentit la porte se refermer doucement dans son dos, elle se planta devant ces femmes, prête à leur adresser la parole. Le temps de traverser la salle du bassin lui avait suffi à méditer ses propos.

Haydel, qui lui tenait toujours la main, l'encouragea du regard ; une lueur d'espoir brillait dans ses yeux verts.

— Je... j'ai effectivement récupéré le parchemin d'or, mais je ne serai jamais votre impératrice.

En disant cela, Luna capta l'éclair de déception qui traversait le visage poupin d'Haydel. Aussi s'empressa-t-elle de se justifier :

— Je suis désolée, mais je suis une ter... une elfe argentée, et c'est une avarielle qui devra vous gouverner. Moi, je ne suis qu'une messagère. La messagère d'Abzagal. C'est à ce titre seulement que j'ai accepté de résoudre l'énigme pour récupérer votre relique sacrée. Pour prévenir votre dieu. Pour lui dire que vous croyez toujours en lui et que vous l'attendez… Car bientôt, dans moins de dix jours, Abzagal sera libéré de ses chaînes et viendra nous chercher. Nous tous !

Un murmure de stupéfaction monta de l'assemblée. Maintenant que les garçons avaient rejoint leur mère, leurs sœurs, leurs cousines ou leurs amies tout simplement, les avariels étaient plus nombreux que ne l'avait espéré Luna. Un peu plus d'une soixantaine de personnes au total…

Soudain, les yeux de Luna croisèrent ceux de Thyl.

Il souriait, visiblement ému. Il fit un pas dans sa direction.

— Malgré ta jeunesse, tu es d'une sagesse impressionnante, Luna. Personnellement, je crois que, avarielle ou pas, tu aurais fait une excellente impératrice… Mais ton choix t'appartient et nous devons le respecter. Dix jours, ce n'est pas grand-chose en comparaison du temps que nous avons déjà attendu. Ici, nous sommes à peu près en sécurité, loin de la fureur des dragons. Nous allons rester là et nous organiser, pour les vivres et l'eau. Ça nous laissera le temps de rechercher d'autres survivants dans les décombres. Ainsi, le moment venu, Luna, tu retourneras dans la salle du bassin pour accueillir Abzagal et lui annoncer notre grande migration.

Touchée par ces paroles, Luna lui rendit son sourire.

« Espérons qu'Abzagal ne sera pas trop déçu que les avariels aient perdu Nydessim et qu'il ne sera pas en colère contre moi non plus, cornedrouille ! songea-t-elle en s'efforçant de cacher ses doutes. Enfin, surtout, j'espère qu'il sera en mesure de nous faire tous voyager, parce que ça, ce n'était pas vraiment prévu au programme. »

— Mais d'abord, ajouta Thyl en la prenant par les épaules, tu as des choses à nous raconter.

Comme Luna ouvrait de grands yeux incrédules, le jeune homme poursuivit, avec un sourire éclatant :

— Je veux tout savoir sur cette histoire de dragonne !

21

Il faisait une chaleur écrasante en cette fin d'été.

Sur la terrasse inondée de soleil, Thyl releva la mèche cuivrée qui tombait sur son front et offrit à Luna ce sourire éclatant dont il avait le secret. Ses yeux verts étincelaient de bonheur et de gratitude. Lentement, il s'approcha de l'adolescente, magnifique avec ses tresses relevées assorties à sa robe argentée. Il lui prit les mains.

— Merci, princesse Luna ! murmura-t-il en lui caressant le bout des doigts. L'inauguration de notre nouvelle cité, hier soir, était fantastique, et le discours de ton grand-père, vraiment émouvant. Tu sais que jamais les avariels n'oublieront ce que vous avez fait pour eux. Quant à moi, jamais je n'oublierai ce que tu as accompli pour mon peuple.

— N'en parlons plus, soupira Luna dont les joues pivoine devenaient brûlantes. On a eu de la chance que ça finisse bien, c'est tout.

— Eh ! Ne minimise pas tes exploits ! s'indigna faussement le jeune homme. C'est tout de même toi qui as convaincu Abzagal de nous laisser quitter la forteresse en ruines. Rappelle-toi comme il était furieux de devoir abandonner sa fière cité aux mains de ses anciens compagnons de meute.

— Détrompe-toi, il râlait juste pour la forme. En réalité, Abzagal était tellement ému de découvrir qu'une poignée d'avariels croyaient encore en lui et attendaient fermement son retour qu'il était submergé par l'émotion. Trop orgueilleux pour s'épancher, il a préféré masquer sa joie derrière ses bougonnements habituels. Tu sais, je commence à bien le connaître...

— C'est vrai. Néanmoins, c'est tout de même toi qui as eu l'idée de nous emmener à Laltharils. Ne dis pas le contraire !

— Où voulais-tu que j'aille ? s'esclaffa l'adolescente en dégageant ses mains pour s'accouder à la rambarde. En plus, c'est le plus bel endroit que je connaisse ! J'étais absolument certaine que vous vous y plairiez.

— C'est vrai que c'est magnifique ! admit Thyl en noyant son regard dans l'océan de verdure que surplombait la terrasse. Même si cela nous change de nos cimes enneigées et que le climat est radicalement différent… Toute cette végétation n'en finit pas de m'émerveiller. Quant au lac, quel bonheur de survoler ses eaux claires et translucides. Ton grand-père a été généreux d'accepter de nous héberger de ce côté-ci de la rive. Nous sommes tout près de votre ville et, en même temps, tout à fait libres et indépendants !

— Je savais qu'Hérildur trouverait un excellent compromis. Il n'a jamais refusé l'hospitalité à des elfes opprimés, qu'ils aient des ailes ou pas ! clama Luna. Il m'a même confié hier soir que cette nouvelle alliance lui plaisait énormément : « C'est formidable, m'a-t-il dit, d'avoir renoué des liens avec nos lointains cousins. Plus les elfes seront unis dans leur diversité, plus ils seront forts face aux dangers qui les entourent. » Ce sont ses propres mots. Malgré tout, en vérité, je crois qu'il est très fier de faire désormais un peu partie de votre légende.

— Ah ! La *fameuse* légende des avariels ! approuva Thyl en hochant la tête. Est-ce que j'ai une tête de légende, moi ?

Comme il feignait de s'offusquer, Luna pouffa à son tour.

— En tout cas, tu n'as pas non plus une tête d'empereur, et encore moins de première vestale, et pourtant…

Le beau visage de Thyl retrouva soudain son sérieux.

— Qu'Abzagal ait accepté de me laisser le parchemin d'or pour que je sois son interlocuteur privilégié est une chose. Que je dirige désormais les avariels en est une autre. Mais en aucun cas cela ne doit changer quoi que ce soit entre nous, Luna ! Jure-moi que nous serons toujours amis et que nous pourrons toujours compter l'un sur l'autre.

Ce disant, il s'était approché de l'adolescente pour la prendre dans ses bras. Luna pirouetta pour lui échapper, un sourire amusé au bord des lèvres.

— Je te le jure, Thyl… enfin, je veux dire Votre Très Grande Majesté l'empereur Thyl, premier du nom ! Mais j'y pense : si tu veux que votre petite communauté s'accroisse, il va falloir que tu te trouves vite fait une impératrice et que vous nous fassiez plein de petits avariels ! Que penses-tu de Cyrielle?

— Oh, Luna ! s'exclama Thyl, faussement choqué. C'est ma cousine !

— Eh ! Si tu veux perpétuer la race, tu ne peux pas de permettre de faire le difficile, et puis…

Un gros loup blanc fit tout à coup irruption à travers le rideau d'hibiscus qui fermait l'accès à la petite terrasse fleurie. Il se jeta sur l'adolescente pour quémander des caresses.

— Bonjour Elbion ! La chasse a été bonne, cette nuit ? s'enquit Luna en fourrageant dans la fourrure de son échine.

— Salut, vous deux ! lança Kendhal en arrivant à son tour. Luna, je te cherchais.

— Kendhal, tu tombes vraiment bien ! se réjouit Luna en se précipitant vers lui. J'étais justement en train de dire à Thyl qu'il ne devrait pas tarder à se marier. À mon avis, Cyrielle serait un bon parti. Qu'en penses-tu ?

— Hum… très jolie, en effet ! Ou pourquoi pas Allanéa ?

La grimace éloquente de Thyl déclencha leurs éclats de rire à tous les trois. Leur hilarité redoubla lorsque les deux amis se mirent à proposer nom après nom, et que le visage de l'avariel se décomposait chaque fois un peu plus. Évidemment, il prenait un malin plaisir à exagérer ses mimiques.

Luna fut la première à reprendre son sérieux.

— Au fait, pourquoi me cherchais-tu, Kendhal ?

— C'est Hérildur qui m'envoie. Il veut te voir tout de suite!

— C'est grave ? s'inquiéta aussitôt l'adolescente.

— Je l'ignore, mais ton grand-père et ta mère semblaient dans tous leurs états.

— Alors, en route ! Allez, Elbion, on y va. À bientôt, Thyl !

L'avariel lui adressa un petit signe de la main et la regarda disparaître derrière les hibiscus avec regret. Il avait eu le temps d'apprendre à la connaître depuis l'épreuve du bassin et il l'appréciait chaque jour davantage. Parfois, il regrettait qu'elle n'ait pas cinq ou six ans de plus… Quelle souveraine exceptionnelle elle aurait fait!

Tout en dévalant les marches de la cité aérienne construite pour les avariels, Luna harcela Kendhal pour savoir ce qui avait bien pu pousser Hérildur à exiger sa présence sur-le-champ. L'elfe doré lui répéta qu'il n'était au courant de rien. Il dut lui jurer à plusieurs reprises qu'il ne mentait pas.

Depuis son retour à Laltharils, deux mois plus tôt, Luna avait passé beaucoup de temps en compagnie de Kendhal. Ensemble, ils avaient conseillé Hérildur sur le choix de l'emplacement de la nouvelle cité avarielle, après quoi ils avaient aidé Thyl et les siens à bâtir les maisons perchées dans les arbres. La cérémonie d'inauguration, la veille, avait été particulièrement réussie. Tous les elfes argentés avaient assisté au splendide feu d'artifice donné en l'honneur de leurs cousins ailés, lesquels leur avaient offert en retour un ballet aérien magnifique. Le mauvais pressentiment qui taraudait à présent l'esprit de Luna venait pourtant ternir le souvenir de cette soirée inoubliable.

Lorsque les deux adolescents parvinrent enfin de l'autre côté du lac, ils filèrent jusqu'au palais, grimpèrent les marches quatre à quatre et se ruèrent en direction des appartements d'Hérildur. Dès qu'ils les virent, les gardes en faction s'écartèrent pour les laisser passer.

Luna entra en trombe dans le grand salon, mais tressaillit en apercevant sa mère et son grand-père en grande conversation avec Sarkor.

Sarkor ! Son oncle était enfin de retour ! Cela signifiait-il qu'il avait retrouvé Halfar ? Est-ce que Darkhan et Assyléa étaient revenus eux aussi ?

En apercevant sa petite-fille, Hérildur interrompit la discussion.

— Ah, Sylnodel ! Merci, Kendhal, pour ta diligence. Tu peux rester et écouter ce que j'ai à dire, si tu le souhaites, évidemment.

Se sentant rougir, le garçon cacha son trouble en s'inclinant avec respect.

— Votre confiance m'honore, votre majesté. J'accepte votre proposition.

— Suivez-moi donc tous les deux dans l'atrium, nous y serons au frais pour bavarder.

Son ton était léger, mais sa mine sévère démentait son affabilité. Luna tenta d'interroger sa mère du regard, mais Ambrethil ne semblait guère disposée à lui dévoiler quoi que ce soit. Quant à Sarkor, son visage fermé ne laissait rien augurer de bon. Ils prirent place dans des fauteuils en rotin disposés en cercle à côté d'une fontaine au murmure apaisant, et le vieux monarque reprit enfin la parole.

— Comme tu peux le voir, Sarkor est rentré à Laltharils, tôt ce matin. Il nous apporte de bonnes nouvelles mais aussi de mauvaises, je le crains. Comme j'estime qu'elles te concernent en partie, Sylnodel, j'ai tenu à ce que tu les entendes de tes propres oreilles.

Luna tressaillit et porta ses doigts à son pendentif comme pour conjurer le mauvais sort. Sarkor se racla la gorge et se força à sourire. Il avait l'air de se composer une attitude détendue.

— Tout d'abord, je tiens à te rassurer, Luna. Darkhan et Assyléa sont également revenus avec moi. Nos routes se sont croisées par hasard à Rhasgarrok et ils se sont joints à ma petite troupe.

— Ta quoi ?

— C'est une longue histoire. Sache que durant mes errances dans la ville des profondeurs, j'ai fait la connaissance d'une poignée de rebelles dirigés par une certaine Edryss, que tu connais, non ? Ces adeptes d'Eilistraée vivaient dans la clandestinité et priaient pour le retour de la bonne déesse. Ils bravaient le couvre-feu pour se retrouver, chaque fois un peu plus nombreux, dans des tunnels oubliés. Une bonne centaine de drows au total, tous avides de paix et d'harmonie. Je les ai conduits chez nous.

— Hein ? Ici, à Laltharils ? sursauta Luna.

— Oui… S'ils étaient restés à Rhasgarrok, ils auraient fini par être dénoncés, et exécutés après avoir subi les pires tortures. Ici, au moins, ils sont en sécurité. Je proposais justement à Hérildur de leur offrir l'hospitalité, en attendant de leur creuser une ville souterraine non loin de notre propre cité. Qu'en penses-tu, Luna ?

L'adolescente resta un moment sans voix. Elle était abasourdie, mais flattée, qu'on lui demande son avis sur un sujet aussi grave.

— Eh bien, je pense que tu as passé beaucoup de temps en compagnie de ces drows, presque sept ou huit mois, non ? À mon avis, tu es le mieux placé ici pour pouvoir témoigner de leurs bonnes intentions à notre égard. Si tu leur fais confiance à tous, nous devons nous fier à ton jugement. Si ces drows ont prié

Eilistraée au risque de leur vie, c'est qu'ils ont en effet envie de changer de mode d'existence, de rompre avec la violence dans laquelle ils ont grandi. Je pense qu'en les accueillant Laltharils n'en sera que plus forte. Nos différences font notre richesse et les métissages de nos peuples donnent souvent de beaux résultats, non ?

Cette fois, les sourires qui s'affichèrent sur les visages graves des adultes furent vraiment sincères.

— C'est exactement mon avis ! approuva Darkhan en pénétrant dans la pièce, aussitôt suivi de la gracieuse Assyléa, plus resplendissante que jamais.

— Darkhan ! Assyléa ! Que je suis heureuse de vous revoir ! exulta Luna en se précipitant pour les serrer dans ses bras. Vous m'avez tellement manqué, tous les deux, cornedrouille !

Mais, elle se reprit bien vite et, se retournant vers son grand-père, elle interrogea :

— Je ne comprends pas… Tu as parlé de tristes nouvelles. Qu'en est-il ?

Hérildur s'apprêtait à répondre lorsqu'une violente quinte de toux le força à se taire.

— Il s'agit d'Halfar, déclara Darkhan en posant une main sur l'épaule de l'adolescente.

— Tu l'as retrouvé ? s'enquit Luna, plus inquiète que jamais.

— Oui, mais il a refusé de rentrer avec nous.

Darkhan cherchait ses mots, apparemment très affecté.

— Il s'est trouvé une nouvelle famille plus… compréhensive que nous. En vérité, Halfar est devenu un gladiateur respecté et adulé par les foules. Rhasgarrok lui apporte une notoriété et une gloire que, selon lui, Laltharils ne lui aurait jamais offertes. Il est enfin ce héros qu'il a toujours souhaité être.

— Une nouvelle famille ? répéta Luna, abasourdie. Tout cela pour être un héros.

À mesure que les mots tombaient péniblement de sa bouche, elle s'indignait. Son regard était devenu humide.

— C'est dur, quand même! finit-elle par prononcer.

— Bien sûr. Mais il a fait son choix, et nous, nous devons le respecter.

— Tu as sans doute raison, Darkhan, soupira Luna en écrasant une larme sur sa joue pâle. S'il est heureux ainsi, je suppose que nous devons l'être également pour lui. Aussi difficile que cela puisse être.

Cette fois, ce fut Assyléa qui prit Luna dans ses bras pour la consoler.

Le regard que la jeune drow échangea avec Darkhan en disait long. Ils avaient longuement discuté de ce qu'ils raconteraient à Luna. Cette version édulcorée mais réaliste leur avait semblé la moins pénible. Inutile de lui révéler qu'Halfar avait risqué sa vie pour devenir l'un des serviteurs les plus cruels de la nouvelle grande prêtresse. Inutile de préciser qu'à cette heure, il était certainement mort.

Hérildur se leva pour prendre la parole, mais une nouvelle quinte le plia en deux. Luna s'écarta de son amie et regarda son aïeul avec compassion.

— Dis, grand-père, j'ai l'impression que tu ne prends pas tes remèdes comme tu me l'avais promis. Il serait peut-être temps de faire quelque chose, non ?

— Oui… oui, grommela le souverain avec un geste désinvolte. J'ai toujours eu une sainte horreur des pilules, des sirops visqueux et autres potions dégoûtantes qu'on me forçait à avaler quand j'étais petit.

Amusée, Ambrethil lui donna le bras, tout en se moquant gentiment de lui.

— Eh bien, gageons que Sarkor saura te concocter de meilleurs remèdes que ceux de ton enfance.

— C'est ça, c'est ça ! rouspéta le monarque en s'appuyant sur son gendre. Que diriez-vous d'aller plutôt faire connaissance avec la nouvelle prêtresse d'Eilistraée ? Il me tarde de rencontrer cette Edryss dont tu m'as tant parlé, Sarkor. Oui, j'ai vraiment hâte ! Et puis, si tu réussis le miracle de me préparer des potions agréables au palais, pourquoi ne pas y goûter ? Après tout, il faut un début à tout !

ÉPILOGUE

Dans l'immense salle plongée dans les ténèbres, seul un rai de lumière blafarde illuminait le trône de la grande prêtresse.

Matrone Zélathory, vêtue comme une reine, inspira profondément. Depuis son intronisation inoubliable, elle attendait ce moment avec impatience. Sur sa joue à peine cicatrisée luisait l'araignée stylisée que la déesse lui avait profondément gravée dans la chair.

Il y avait un peu plus de deux mois maintenant qu'elle avait retrouvé les faveurs de Lloth. Comme quoi le misérable gobelin qu'elle avait fait égorgé parce qu'il avait osé lui annoncer le retour proche de la déesse avait effectivement raison. Elle n'aurait pas dû s'énerver ainsi, mais bon, il fallait bien qu'elle passe ses nerfs sur quelqu'un…

Quoi qu'il en soit, maintenant que la communication avec le royaume des dieux était rétablie, la maléfique divinité ne tarissait pas d'idées quant aux moyens de se venger des elfes de la surface, que ce fussent ces elfes dorés prétentieux qui tentaient désespérément de faire renaître leur glorieuse citadelle de ses cendres, ou ces idiots d'elfes argentés qui se croyaient bien à l'abri dans leur forêt magique.

Personne n'en sortirait indemne !

Le visage de la nouvelle matriarche se fendit d'un sourire carnassier. Ses prunelles rouges flamboyèrent, gorgées d'une haine insatiable. D'ores et déjà, elle savourait les heures sanglantes qui allaient marquer la fin de ces races inférieures, ainsi que la renaissance des drows.

Sa mère, matrone Zesstra, avait lamentablement échoué. Matrone Zélathory, elle, ne faillirait pas. Les atouts qu'elle possédait étaient trop précieux, trop inespérés.

Son sourire s'élargit alors qu'elle s'imaginait la tête que feraient bientôt les habitants d'Aman'Thyr lorsqu'ils découvriraient les alliés qu'elle s'était faits. Pour une surprise, ce serait une surprise ! Et de taille !

Ces idiots se croyaient à l'abri, maintenant qu'ils avaient condamné les galeries souterraines qui reliaient leur ville à Rhasgarrok. Mais les rares survivants n'auraient bientôt d'autre choix que de périr dans les flammes de l'enfer. Quel spectacle réjouissant ce serait !

La grande prêtresse se promit d'être aux premières loges pour assister au carnage. Elle n'était pas comme sa pleutre de mère, qui préférait rester cloîtrée dans son monastère. Zélathory, elle, avait besoin d'action, de combat, d'adrénaline. Contrairement à l'ancienne matriarche, elle était avant tout une guerrière. Elle aimait les batailles, les hurlements des victimes, le sang encore chaud sur les sabres. Tuer, étriper, égorger de ses propres mains lui apportait toujours une indicible joie.

Pourtant, ce ne serait pas elle qui se chargerait d'assassiner la famille royale de Laltharils. Elle aurait adoré le faire elle-même, bien sûr, mais jamais l'esprit de Ravenstein ne la laisserait pénétrer sur son territoire sacré. Néanmoins, la nouvelle grande prêtresse possédait là encore un atout de taille. Ou plutôt, deux atouts !

D'abord la petite Sylnor. Quelle gamine étonnante ! Malgré ses douze ans, ses dons de sorcellerie étaient déjà exceptionnels. La fille d'Ambrethil et d'Elkantar avait hérité des talents de son père ! Par ailleurs, ayant grandi au monastère, la gamine possédait de réelles aptitudes pour la perversité et la cruauté. Elle avait beau n'être qu'une demi-drow, le sang des elfes noirs qui irriguait ses veines était plus fort que tout. Enfin, peu de mortels pouvaient se vanter d'avoir rencontré Lloth en personne. Sylnor avait eu ce privilège immense. Un lien indéfectible unissait désormais la déesse et l'enfant. Matrone Zélathory aurait pu en être jalouse, mais elle était trop intelligente pour cela. Elle savait au contraire qu'en tant que favorite de l'araignée, Sylnor jouissait d'un potentiel unique, d'un destin hors norme. Un jour, cette gloire que Lloth octroierait à sa petite protégée rejaillirait immanquablement sur la grande prêtresse.

Quelqu'un frappa soudain à la grande porte, la tirant de ses rêves de domination. C'était son deuxième atout qui arrivait.

— Entre ! cria-t-elle. Allez, approche, mon garçon.

Le drow qui s'avança devant elle dans le plus grand silence n'avait que seize ans, mais il avait déjà l'étoffe des plus grands. Son corps était musclé et souple, son esprit, aiguisé comme une lame, son talent pour les duels, indéniable. Quelle chance qu'il ait remporté le tournoi des champions !

— Comment te sens-tu, Halfar ? s'enquit matrone Zélathory avec un sourire affable.

— Fort bien, maîtresse ! répondit le garçon qui s'était incliné avec le plus grand respect.

— Relève-toi et regarde-moi dans les yeux. J'ai une question à te poser. Es-tu prêt à entrer dans la très fameuse et néanmoins secrète confrérie des tueurs de l'ombre ?

Le cœur de l'adolescent fit un bond dans sa poitrine.

— Oui, maîtresse ! confirma-t-il en retenant sa joie.

— Eh bien, j'ai l'immense plaisir de t'annoncer que ton noviciat est terminé. Aujourd'hui même, tu pourras intégrer la prestigieuse guilde des assassins. Bien sûr, tu as encore beaucoup à apprendre, mais dans quelque temps tu seras certainement le meilleur d'entre eux, n'est-ce pas ?

— Ma fidélité et ma vie vous sont d'ores et déjà acquises, maîtresse ! confessa Halfar, le regard brillant.

— J'espère bien, avec tout ce que j'ai fait pour ta famille. La maison de matrone Isadora jouit désormais d'une position très favorable dans la hiérarchie de notre chère Rhasgarrok et tes frères font désormais partie de ma garde personnelle. N'est-ce pas là une promotion sociale inespérée ?

— Je vous en serai éternellement reconnaissant.

Matrone Zélathory marqua un temps de silence. Une joie mauvaise dansait dans ses yeux.

— Et si, pour preuve de ta fidélité, je te demandais maintenant de tuer… ta mère ! Le ferais-tu ?

La requête de la grande prêtresse désarçonna un instant Halfar. Il se figea et cessa de respirer avant de comprendre qu'il n'avait pas à hésiter.

— Oui… oui, pour vous, je le ferais !

Matrone Zélathory plissa les yeux, suspicieuse.

— C'est étrange. Je sens que ta réponse est sincère, et pourtant quelque chose te tracasse. N'aurais-tu pas un poids sur la conscience, Halfar ?

L'adolescent s'empourpra et baissa les yeux.

— Isadora n'est pas ma vraie mère… Elle m'a adopté ! révéla-t-il, honteux.

— Oh ! Je vois. Tu n'éprouverais donc aucun scrupule à la tuer ! comprit la matriarche. Dans ce cas, tuerais-tu ta vraie mère ?

Le doux visage d'Amaélys flotta quelques secondes dans l'esprit d'Halfar.

— Elle est déjà morte, murmura-t-il.

La matriarche dévisagea longuement le jeune drow.

— Je ne te cache pas que tu as éveillé ma curiosité, Halfar, fit-elle après un moment. Qui étaient donc tes véritables parents ?

— C'est… c'est sans importance ! rétorqua l'adolescent qui craignait que ses origines ne mettent un terme à ses prestigieuses perspectives de carrière.

— Pour moi, cela en a beaucoup, au contraire ! s'écria matrone Zélathory, soudain furieuse. Je dois avoir une totale confiance en mes assassins personnels ! Si je te soupçonne d'avoir le moindre secret pour moi, je n'hésiterai pas à fouiller tes pensées et à te tuer ensuite !

Halfar déglutit péniblement. Il ne voulait en aucun cas décevoir sa nouvelle maîtresse, mais elle ne lui laissait pas le choix.

— Je suis un sang-mêlé, commença-t-il. Mi-drow, mi-elfe de lune. Oh ! matrone Zélathory, par pitié, gardez-moi à votre service ! J'ai renié les miens depuis longtemps.

— Donne-moi le nom de tes parents ! ordonna la drow, le visage impassible.

— Mon père s'appelle Sarkor, il vit à Laltharils avec les elfes argentés.

— Sarkor ?! sursauta matrone Zélathory, soudain livide. Savais-tu que ce misérable est mon frère aîné et que tu es par conséquent mon… neveu ? Ça, alors ! Quelle stupéfiante coïncidence ! Le fils du renégat ! Et ta mère, comment s'appelait-elle ?

— Amaélys…

— La princesse Amaélys ? La fille aînée d'Hérildur ? dit la matrone si précipitamment qu'elle faillit s'étrangler. Tu es donc le petit-fils du roi des elfes argentés ?

— Je n'en suis pas fier, mais oui, c'est la stricte vérité…

Elle marqua une pause. Les perspectives que lui offrait ce jeune garçon allaient bien au-delà de ses espérances…

— Un détail m'intrigue, cependant, reprit-elle après un temps de silence. Pourquoi n'es-tu pas resté là-bas, avec les tiens, plutôt que de te faire passer pour le fils d'Isadora ?

— J'ai passé quinze années de ma vie à Laltharils, soupira Halfar. Quinze ans à étouffer ! Sarkor a toujours préféré mon frère aîné, cet imbécile de Darkhan. Je les hais du plus profond de mon âme ! Quant à mon grand-père, il m'a toujours considéré comme un minable ! Je le déteste, lui aussi !

Un large sourire illumina le visage de matrone Zélathory.

— C'est formidable ! exulta-t-elle.

— Vous n'allez pas me rétrograder ? se prit à espérer Halfar en relevant la tête, étonné. Cela ne vous dérange pas que je sois un sang-mêlé ?

— Bien sûr que non, déclara-t-elle, les yeux perdus dans le vide. Au contraire, tu vas vite prendre du galon ! Nous allons faire de grandes choses, tous les deux. Grandioses et excitantes !

Matrone Zélathory se leva de son trône et s'approcha du garçon. Elle lui passa un bras autour des épaules.

— Je sens que nous allons passer beaucoup de temps ensemble, mon petit chou, souffla-t-elle sur le ton de la confidence. Ces quinze années ont dû être très pénibles pour toi. Le temps est venu d'alléger ta conscience en me racontant toutes tes misères. Tu trouveras toujours en moi une oreille attentive, Halfar… Toujours…

LISTE DES PERSONNAGES

Abzagal : Divinité majeure des avariels ; dieu dragon.
Allanéa : Avarielle ; amie de Thyl.
Amboisil : Elfe de lune ; professeur d'arithmétique de Luna.
Ambrethil : Elfe de lune ; mère de Luna et fille cadette d'Hérildur.
Arielle : Avarielle ; impératrice des airs de Nydessim, défunte épouse d'Avalior.
Assyléa : Drow ; sœur cadette d'Oloraé.
Avalior : Avariel ; empereur du vent de Nydessim.

Babosa : Nain ; ami de Guizmo et guide de Darkhan.

Curian : Drow ; ami de Darkhan et d'Edryss.
Cyrielle : Avarielle ; cousine de Thyl.

Darkhan : Mi-elfe de lune, mi-drow ; fils de Sarkor et petit-fils d'Hérildur, cousin de Luna.

Edryss : Drow ; ancienne patronne de l'auberge du Soleil Noir, désormais grande prêtresse d'Eilistraée.

Eilistraée : Divinité du panthéon drow ; fille de Lloth. Solitaire et bienveillante, elle est la déesse de la beauté, de la musique et du chant. Associée à la lune, elle symbolise l'harmonie entre les races.
Elbion : Loup ; frère de lait de Luna.
Elkantar And'thriel : Drow; noble sorcier, amant d'Ambrethil et père de Luna.

Fritzz Vo'Arden : Drow ; dernier fils de matrone Zesstra.

Guizmo : Gobelin ; ancien aubergiste de Dernière Chance, seigneur de Castel Guizmo.

Halfar : Mi-elfe de lune, mi-drow ; fils de Sarkor et petit-fils d'Hérildur, cousin de Luna.
Haydel Ab'Nahoui : Avarielle ; sœur de Thyl et fille de Khalill Ab'Nahoui.
Hérildur : Elfe de lune ; roi de Laltharils, père d'Ambrethil et grand-père de Luna.
Hysparion : Elfe de soleil ; grand mage de la cour d'Aman'Thyr et père de Kendhal.

Isadora : Drow ; propriétaire d'une arène de combat pour jeunes.

Kendhal : Elfe de soleil ; fils d'Hysparion.
Khalill Ab'Nahoui : Avariel ; médecin particulier d'Arielle, l'impératrice des Airs.

Lloth : Divinité majeure des drows ; déesse araignée.
Luna (Sylnodel) : Mi-elfe de lune, mi-drow ; fille d'Ambrethil et petite-fille d'Hérildur.
Lyanor : Elfe de lune ; professeur de magie de Luna.

Maison Vo'Arden : Famille de matrone Zesstra.
Marécageux (le) : Elfe sylvestre ; vieux mentor de Luna.

Nayalaah : Dragonne ; dernier spécimen féminin vivant dans la cordillère de Glace.
Nélyss : Avarielle ; vestale d'Abzagal et première dame de compagnie d'Arielle.

Oloraé : Drow ; sœur aînée d'Assyléa.

Rhazal : Avariel ; premier ministre d'Avalior, l'empereur du vent de Nydessim.

Sarkor : Drow ; père de Darkhan et d'Halfar.
Sylnodel : Signifie Luna, « Perle de Lune » en elfique.

Sylnor : Mi-elfe de lune, mi-drow ; fille cadette d'Ambrethil et d'Elkantar And'Thriel, sœur de Luna.
Syrus : Elfe de lune ; professeur d'elfique de Luna.

Thyl Ab'Nahoui : Avariel ; fils de Khalill Ab'Nahoui et ami de Luna.
Truylgor Mac'Kaloug : Drow ; invocateur de matrone Zesstra.

Veilleur (le) : Dragon ; jeune mâle chargé de réveiller ses congénères en cas d'alerte ou au terme des cent ans de sommeil.

Zéhoul : Mi-avarielle, mi-drow ; gardienne de Nayalaah, la dernière dragonne.
Zélathory Vo'Arden : Drow ; grande prêtresse de Lloth, fille de matrone Zesstra.
Zesstra Vo'Arden (matrone Zesstra) : Drow ; défunte grande prêtresse de Lloth, mère de Zélathory.

GLOSSAIRE

Anges : Entités lumineuses et scintillantes de couleur argentée qui surveille le ciel éternel du royaume des dieux. Les anges sont chargés de faire appliquer les lois immuables qui régissent le monde des dieux et de punir les infractions le cas échéant. Lorsque les dieux invitent des mortels, les anges sont également appelés à veiller sur eux.
Avariels : Voir elfes ailés.

Dieux / déesses : Immortels, les dieux vivent dans des sphères, sortes de bulles flottant dans le firmament éternellement bleu de leur monde. D'apparence humanoïde ou animale, les dieux influencent le destin des mortels en leur dictant leur conduite, en les aidant ou, au contraire, en les punissant. Plus le nombre de ses fidèles est important, plus une divinité acquiert d'importance et de pouvoir parmi les autres dieux. Ceux dont le culte s'amenuise sont relégués au rang de divinités inférieures et finissent par disparaître complètement si plus aucun adepte ne les vénère.
Dragon / dragonne : Créatures reptiliennes possédant un corps massif recouvert d'écailles

brillantes et capable de voler grâce à des ailes membraneuses. Vivant en troupeau, les dragons peuvent hiberner pendant plusieurs siècles. À leur réveil, leur appétit insatiable les pousse à attaquer tous les genres de proies. La dernière grande communauté de dragons des terres du Nord vit cachée au cœur de la cordillère de Glace.
Drows : Voir elfes noirs.

Elfes : Les elfes sont légèrement plus petits et plus minces que les humains. On les reconnaît facilement grâce à leurs oreilles pointues et à leur remarquable beauté. Doués d'une grande intelligence, ils possèdent tous des aptitudes naturelles pour la magie, ce qui ne les empêche pas de manier l'arc et l'épée avec une dextérité incroyable. Comme tous les êtres nyctalopes, ils sont également capables de voir dans le noir. Leur endurance et leurs capacités physiques sont indéniablement supérieures à celles des autres races. À cause des sanglantes guerres fratricides qui les opposèrent autrefois, les elfes vivent désormais en communautés assez fermées. On distingue les elfes de la surface des elfes noirs, exilés dans leur cité souterraine.
Elfes ailés (ou avariels) : C'est certainement la race la plus secrète et discrète des terres du

Nord. Les avariels vivent cachés au cœur d'une citadelle de verre édifiée dans la cordillère de Glace. Ils possèdent de grandes ailes aux plumes très douces, qui leur permettent d'évoluer dans les cieux avec une grâce et une rapidité incomparables.

Elfes de lune (ou elfes argentés) : Ils ont la peau très claire, presque bleutée ; leurs cheveux sont en général blanc argenté, blond très clair ou même bleus. Dans les terres du Nord, les elfes de lune vivent à Laltharils, magnifique cité bâtie au cœur de la forêt de Ravenstein.

Elfes de soleil (ou elfes dorés) : Ils ont une peau couleur bronze et des cheveux généralement blonds comme l'or ou plutôt cuivrés. On dit que ce sont les plus beaux et les plus fiers de tous les elfes. De ce fait, ils se mélangent très peu avec les autres races. Dès le début de la guerre contre les drows, les elfes de soleil se sont réfugiés dans l'antique forteresse d'Aman'Thyr, où ils passent désormais le plus clair de leur temps à méditer et à étudier la magie.

Elfes noirs (ou drows) : Ils ont la peau noire comme de l'obsidienne et les cheveux blanc argenté ou noirs. Leurs yeux parfois rouges en font des êtres particulièrement inquiétants. Souvent malfaisants, cruels et sadiques, ils sont assoiffés de pouvoir et sont sans cesse occupés à se méfier de leurs semblables et à ourdir des complots. En fait, les elfes noirs se considèrent comme les héritiers légitimes des terres du Nord et ne supportent pas leur injuste exil dans les profondeurs de Rhasgarrok. Ils haïssent les autres races, et ceux qu'ils ne combattent pas ne sont tolérés que par nécessité, pour le commerce et la signature d'alliances militaires temporaires. Les drows vénèrent Lloth, la maléfique déesse araignée, et leur grande prêtresse dirige d'une main de fer cette société matriarcale.

Elfes sylvestres : Avec leur peau cuivrée et leurs yeux verts, ce sont les seuls elfes à vivre en totale harmonie avec la nature. Comme ils ont été les premières victimes des invasions drows, il n'en reste que très peu. La plupart vivent désormais à Laltharils, mais certains ont préféré l'exil et vivent en ermites, comme le Marécageux.

Gobelins : Humanoïdes petits et chétifs, les gobelins ont des membres grêles, une poitrine large, un cou épais et des oreilles en pointe. Leurs relations sont basées sur la loi du plus fort. L'unique communauté des terres du Nord, autrefois connue sous le nom de Dernière Chance, se nomme désormais

Castel Guizmo. L'ancien aubergiste, ayant fait fortune grâce à la vente d'un esclave elfe de soleil, est devenu le seigneur de la forteresse, qu'il gouverne d'une main de fer. En s'assurant les services d'orques désœuvrés, il compte bien asseoir son autorité dans la région afin de tenir tête aux drows.

Humains : Bien que la race des humains soit la plus répandue dans le reste du monde, les humains des terres du Nord sont très peu nombreux. Ils vivent essentiellement de pêche et d'agriculture dans les villes portuaires de Belle-Côte et d'Anse-Grave. Après les guerres Elfiques, les sorciers humains ont érigé trois édifices appelés tours de vigie, afin de détecter et de foudroyer sur-le-champ tous les drows qui tenteraient d'envahir leur territoire.

Légilimancie : Faculté mentale qui consiste à lire dans l'esprit des gens sans que ceux-ci soient consentants ou conscients de ce qui leur arrive. En général, un contact visuel est nécessaire au legilimens pour percer les pensées des autres.
Léinor : Quatrième mois du calendrier solaire elfique ; le 21e jour de ce mois marque le solstice d'été.

Maison : Nom donné aux grandes familles drows de Rhasgarrok. Comme il s'agit d'une société matriarcale, c'est toujours la femme la plus ancienne ou la plus puissante qui se trouve à la tête de cette maison.

Nains : Petits et trapus, les nains vivent en communautés très soudées au cœur de citadelles fortifiées creusées dans les montagnes Rousses. En principe, ils évitent de côtoyer les autres races des terres du Nord avec lesquelles ils n'ont que peu d'affinités, surtout les elfes. Généralement bienveillants, ce sont des mineurs et des artisans sans pareils. Il existe toutefois des nains à l'âme rongée par la haine qui partent s'installer à Rhasgarrok, où ils subsistent en tenant de petits commerces.

Orques : Avec leur peau grisâtre, leur visage porcin et leurs canines proéminentes semblables à des défenses de sanglier, les orques sont particulièrement repoussants. Brutaux, agressifs, ils vivent généralement de pillage et de maraudage. Leurs ennemis héréditaires sont les elfes, mais ils ne rechignent pas à négocier avec les drows.

Pégases : Créatures magiques issues de l'union d'une jument et d'un aigle royal, les pégases ce sont des chevaux ailés. À l'état sauvage, ils vivent en troupeaux, mais certains, domestiqués par l'homme, font d'excellentes montures. Leurs cousins, les pégases noirs, ont un tempérament fougueux qui en fait des animaux peu sociables et très difficiles à dresser. Ils sont pourtant les montures de prédilection des elfes noirs.

Télépathie : Faculté mentale qui consiste pour deux ou plusieurs personnes consentantes à communiquer par l'esprit. Si leurs aptitudes psychiques sont bonnes, le contact visuel n'est pas obligatoire.

Trolls : Les trolls sont des humanoïdes de grande taille, puissants, laids et particulièrement stupides. Ils vivent essentiellement dans des cavernes où ils amassent des trésors, tuent pour le plaisir et chassent toutes les proies qui leur semblent comestibles. Certains se sont réfugiés dans les faubourgs de Rhasgarrok, où ils cohabitent plus ou moins bien avec les drows.

TABLE DES MATIÈRES

Prologue 9
Chapitre 1 13
Chapitre 2 27
Chapitre 3 43
Chapitre 4 57
Chapitre 5 65
Chapitre 6 81
Chapitre 7 91
Chapitre 8 107
Chapitre 9 117
Chapitre 10 133
Chapitre 11 149
Chapitre 12 161
Chapitre 13 175
Chapitre 14 189
Chapitre 15 201
Chapitre 16 213
Chapitre 17 221
Chapitre 18 239
Chapitre 19 257
Chapitre 20 269
Chapitre 21 277
Épilogue 291
Liste des personnages 301
Glossaire 305

Luna

LA CITÉ MAUDITE
TOME 1

Luna

LA VENGEANCE DES ELFES NOIRS
TOME 2